OMN

Chiara Gily

ASPETTAMI AL CAFFÈ NAPOLI

Romanzo

MONDADORI

mondadori.it

Aspettami al Caffè Napoli
di Chiara Gily
Collezione Omnibus

ISBN 978-88-04-79209-3

© 2025 Mondadori Libri S.p.A., Milano
I edizione marzo 2025

ASPETTAMI AL CAFFÈ NAPOLI

*Alle persone gentili,
che spesso appaiono deboli
agli occhi dei più.*

A mio padre.

1

Arriva sempre il momento di fare i conti con quello che ti sei lasciata alle spalle.

È un chiodo fisso, da quando stamattina mi sono seduta sul Frecciarossa che da Trieste mi sta portando a Napoli.

A distrarmi ci pensa la vibrazione del cellulare. Il solo pensiero di tirarlo fuori dalla borsa mi infastidisce, perché so già chi potrebbe essere.

«Mamma, il treno è in orario» rispondo a bassa voce, saltando il "ciao", anche se mi sono ripromessa di mantenere la calma.

«Bene, vengo a prenderti con Cice.»

«Non c'è bisogno, non vi disturbate, prendo un taxi.»

Lei si oppone, non mi lascia spazio di replica. Ringrazio di aver trovato posto solo nell'Area Silenzio, che non mi permette di dilungarmi, e faccio una delle cose che mi riescono meglio: mollo la presa. Devo conservare le energie per affrontare l'evento di cui sento parlare da mesi: il matrimonio di mia cugina Alice, detta Cice. Anche perché, quando lei e mia madre prendono una decisione, niente può far loro cambiare idea. La cosa non dovrebbe stupirmi più di tanto: in famiglia raramente si è detto di no alla bellissima e sensibile Alice. È sempre stata ascoltata con interesse, con sorrisi larghi e accoglienti. Dalle poesie recitate a Natale – mentre io mi nascondevo sotto il tavolo o dietro le gambe di mio padre –, agli annunci eclatanti, come quella volta che, per convincere i suoi a prenderle un cane, si dichiarò fermamente convinta di volersi iscrivere alla facoltà di Veterinaria.

Alla vigilia dell'esame di maturità, si presentò con una scatola con ben tre cuccioli di labrador: "Mamma, papà, i fratelli non si possono separare, dobbiamo tenerli tutti! E poi, così, ho la possibilità di fare un sacco di pratica!" rispose appena varcata la porta di casa. I suoi genitori, in un primo momento contrari, si lasciarono intenerire più dall'idea di una figlia con una potente vocazione professionale che dai cagnetti.

Dopo neanche due settimane, quell'enorme impegno provocò una dermatite da stress a sua madre, mia zia Pucci, e mia cugina, dopo aver trovato le tre bestiole che riducevano a brandelli i suoi adorati vestiti nell'immacolata cabina armadio, affermò, forse con ancora più enfasi della prima dichiarazione, di aver cambiato idea sul suo futuro universitario. I cuccioli, così, furono rispediti al mittente.

Ma, soprattutto, Alice è riuscita ad aggirare la rigidissima legge napoletana della *supponta*, che stabilisce che il nome dei nonni venga dato ai nipoti, in particolare ai primogeniti. All'anagrafe è Assunta, come la madre di zia Pucci, ma già dall'asilo ha preteso che tutti la chiamassimo Alice.

Mio zio si è più volte maledetto per averle regalato e letto, per farla addormentare, il romanzo di Lewis Carroll. A sua figlia il desiderio del cambio nome era venuto perché voleva vivere anche lei nel Paese delle Meraviglie. Peccato che invece abitasse a Napoli.

"Assunta non mi piace" ammetteva candidamente a chi la interrogava sulla discrepanza fra il nome e i documenti. Fino all'adolescenza, quando sua nonna era ancora in vita, ci abbiamo provato tutti a farla desistere, raccontandole perfino che a ogni onomastico, il giorno di Ferragosto, ci sarebbero stati i fuochi d'artificio sul mare in suo onore. Forse è diventata così scaltra da allora, perché ha imparato a non credere a tutto quello che le veniva detto.

Alla fine sua madre si è arresa e per il mondo intero Assunta è diventata Alice. "Per non crearle disturbi della personalità": queste le parole precise di zia Pucci.

Tutti i gioielli della nonna con le iniziali sono comunque andati a lei, la A puntata non le ha mai dato fastidio.

Respiro profondamente per contrastare l'improvviso dolore alla bocca dello stomaco.

Di fronte a me ci sono due turiste francesi. Sono salite a Firenze e, appena si sono sedute, hanno tirato fuori una Lonely Planet piena di post-it. Anche loro sono dirette a Napoli e mi hanno chiesto un consiglio su dove mangiare una buona carbonara. «Ci andiamo apposta, *expressamente*...» hanno squittito felici. Ho risposto che sarebbe stato meglio scendere a Roma, se era quello il motivo del viaggio. Dopo qualche secondo di silenzio imbarazzante, hanno ricambiato con uno sguardo diffidente e un sorriso di circostanza e si sono rivolte a Google.

In realtà la mia è stata una puntualizzazione un po' superficiale, dato che a Napoli niente è impossibile. Soprattutto se si tratta di cibo: una pizzeria sarebbe capace di improvvisare uno spaghetto ai frutti di mare o una lasagna, con molto trasporto e poco sbattimento.

Le due ragazze, che prima di chiedermi della carbonara hanno specificato di essere cugine, sono affiatate e gasatissime. E chi sono io per distruggere le loro aspettative culinarie durante una vacanza?

Mentre le guardo chiacchierare, mi torna in mente un viaggio a Djerba che ho fatto con Alice. Era stato un regalo di nostra nonna. Io mi ero trasferita a Trieste per l'università da un paio d'anni e, pur di farmi rientrare all'ovile, le donne di casa – mia madre e mia zia Pucci, con la complicità della suocera – avevano architettato un piano infallibile.

Alice avrebbe dovuto risvegliare in me il senso di famiglia.

Per fortuna mia cugina si guardò bene dal tentare di convincermi a tornare a Napoli. Anzi, mi ignorò per la maggior parte della vacanza. Il giorno del nostro arrivo conobbe Alain, uno dei medici del Club Méditerranée, e sparì dal mio radar. E fu così che io, in terra tunisina, ebbi la conferma che il mio trasferimento era stato una buona idea.

Felice di non dover subire sermoni familiari, decisi di godermi appieno quella settimana. Iniziai a provare tutti gli sport disponibili e mi invaghii di un animatore.

Non ci eravamo mai parlati ma ero certa di piacergli. Ogni giorno, alle sette spaccate, truccata, con il costume a balconcino a enfatizzare la mia terza abbondante e un pareo nero per dissimulare le gambe rotonde, passavo "per caso" proprio davanti alla scuola di vela. Mentre lui puliva le tavole da surf ci lanciavamo lunghe occhiate, ma nessuno dei due aveva il coraggio di prendere l'iniziativa. Ci limitavamo a scambiarci sorrisi ebeti (soprattutto il mio).

Avevo saputo che era spagnolo, ma di origini scandinave. Assomigliava a Javier Bardem con gli occhi azzurri, i capelli biondi e le lentiggini. Era talmente bello che ogni volta che lo incrociavo avevo la salivazione a zero e non riuscivo a dire neppure un "ciao" o un *"hola"*.

Dopo un paio di giorni intervenne mia cugina. "Lidiù, dato che non ti dai una mossa, ci penso io!"

La sera stessa ci vestimmo di tutto punto, mi diede qualche lezione accelerata di "acchiappo" e mi prestò anche il suo gioiello portafortuna, una catenina con un ciondolo a forma di sole. Per nulla spinta da disinteressata generosità: era solo scocciata del fatto che andassi a letto presto e le occupassi la capannina dove alloggiavamo, che lei voleva trasformare in nido d'amore con Alain.

Mentre aspettava il *suo* dottore che era in infermeria a suturare una ferita sulla fronte di un olandese, ci sedemmo su un divanetto di vimini e, appena vide il *mio* istruttore di surf, con uno scatto felino lo raggiunse spavalda, lasciandomi sola ma fiduciosa nelle sue innate capacità di quagliare, ovvero di venire al sodo in qualsiasi circostanza.

Comunicavano in un misto di italiano e spagnolo maccheronico, e lui le offrì un bicchiere di rum e coca. Quando Alice cercò di capire se gli potessi interessare, lui, guardandomi da lontano, le chiese: "*La muchacha que tiene el pelo rizado?*".

Lei rabbrividì, pensò fosse un maniaco e che avesse detto qualcosa di volgare sul mio conto. Lasciò il cocktail a metà e venne a dirmi che forse non era il caso di avere una avventura estiva con un buzzurro del genere.

A me cadde il castello di fantasie su noi due, i nostri figli vichinghi che parlavano tre lingue e tutta la paella che mi sarei mangiata nella vita. Non passai più a fare lo struscio sulla spiaggia. Alle sette precise mi bevevo una birretta nel patio della nostra camera. *Adios, mi amor.*

L'ultimo giorno della vacanza, prima di salire sul bus che ci avrebbe portate in aeroporto, scambiammo due chiacchiere con un ragazzo argentino. Aveva una maglietta di Maradona e quando seppe che eravamo napoletane iniziò a interrogarci sul suo idolo. Conosceva a memoria tutti i gol fatti quando giocava nel Napoli. Noi facevamo sì con la testa sperando che le porte dell'autobus si aprissero presto per levarci di torno quella zecca invasata di calcio. A un certo punto, descrivendo *el pibe de oro*, fece riferimento al suo inconfondibile *pelo rizado*. Ci destammo dalla noia, gli chiedemmo spiegazioni e solo allora realizzammo l'equivoco. La frase che aveva pronunciato l'animatore spagnolo non significava altro che "la ragazza che ha i capelli ricci".

E così, per un *misunderstanding* di Alice, non ho potuto vivere per sempre felice e contenta con il prestante surfista.

Mia cugina, invece, con il suo medico francese non solo ebbe un'avventura esotica, ma lui venne a trovarla a Napoli per Natale e le regalò anche un anello con uno smeraldo. Minuscolo, ma bellissimo.

"Discreto" riuscii a rispondere quando me lo mostrò. "Perfetto per te, che hai le mani piccole."

Di come ho potuto essere così perfida e in una sola frase infilare due cattiverie, me ne vergogno ancora un po'.

A ventun anni mia cugina riceveva un anello, mentre io ero single, vivevo in una mansarda in condivisione, lontana quasi mille chilometri da casa, e combattevo con i capelli crespi e i manuali per superare l'esame di latino all'università.

Deve esserci qualcosa nella mente umana, un meccanismo di autodifesa che fa emergere equivoci, ricordi buffi, battute infelici per spostare il dolore o la tristezza da un'altra parte. Insomma, per non affrontare la realtà.

Se penso a qualcosa di brutto successo nel passato, il presente non potrà essere così terribile, no? Forse è un trucco da poveri, ma di solito funziona.

Il ricordo di quella vacanza decisamente sfigata, infatti, mi ha distratto dal pensiero che domani dovrò fare la damigella d'onore al terzo matrimonio di mia cugina. Del resto, se sono riuscita a superare l'inadeguatezza e la solitudine che ho provato a Djerba, il fatto che zia Pucci mi chiederà davanti a tutti dov'è il mio fidanzato mi fa decisamente meno paura.

Secondo me non crede nemmeno che Pietro esista. Non l'ha mai visto, anche se stiamo insieme da quasi cinque anni. Mai un Natale, un matrimonio, una festa di famiglia a cui abbia presenziato. In effetti avrei dei dubbi pure io, al posto suo.

Pietro non può accompagnarmi neppure stavolta, perché deve partecipare a un congresso dal titolo "Una riforma fiscale di vantaggio: quale futuro?". Conosco il programma a memoria. La locandina piena di loghi della Camera di Commercio, Confindustria e di vari ordini professionali campeggia da mesi sul suo frigorifero ipertecnologico, sotto la calamita della Torre Eiffel che gli ho regalato durante un weekend a Parigi. Ci deve tenere parecchio, visto che sotto quel magnete c'è sempre stata una delle nostre poche foto insieme. La amo molto perché, anche se abbiamo gli occhi chiusi e dietro di noi non ci sono panorami mozzafiato, siamo entrambi felici. Eravamo appena usciti da un buffet, sua meta prediletta per festeggiare i compleanni, dove aveva mangiato una quantità spropositata di bollito di maiale e chiesto il solito bis di lingua salmistrata di manzo. Una raffica fortissima di bora ci aveva travolti, ci eravamo abbracciati ed eravamo scoppiati in una risata mentre un suo amico ci scattava la foto con il cellulare. Immagino la nonchalance con cui ha sostituito noi due con il dépliant "quale futuro?".

Ho ancora l'amaro in bocca per la nostra ultima telefonata di ieri sera, che poi ricalca pedissequamente una nostra conversazione standard.

"Ciccia, hai due minuti?"

Quando esordisce così so già che devo sedermi e focalizzarmi su qualcosa di bello e spensierato, dato che inizierà un monologo.

"Questo è un convegno importantissimo, hai visto le imprese che intervengono, vero?"

Da quando lo conosco, credo abbia partecipato almeno a un centinaio di congressi, una buona metà organizzati da lui. Tutte le sue energie sono concentrate nella progettazione di convegni/workshop/meeting/forum (ignoro la differenza, sinceramente, e non ho mai voluto approfondire) in cui ovviamente fa da relatore.

In realtà, credo cominci a dubitare anche lui che questi eventi gli porteranno nuovi clienti o consulenze. So che vorrebbe che lo incoraggiassi, ma quando il bidone che sta per prendere è proprio evidente, non riesco a fargli da motivatrice.

"Le pubbliche relazioni sono una parte fondamentale del mio lavoro. Per te il ventisette del mese c'è l'accredito dello stipendio, per me no."

Ecco che arriva puntuale la frecciatina: quando non lo assecondo diventa leggermente sgradevole.

A dirla tutta, la strategia dei convegni è buona, ma qualcosa deve andare storto tra gli inviti alle varie personalità e i saluti finali, perché gli rimane addosso solo una enorme stanchezza e "pochi pesci all'amo", come dice lui.

"Devo avvicinare l'assessore. Ho avuto il suo numero di cellulare, gli ho mandato anche un messaggio. Non mi ha risposto, ma sono certo che all'evento potremo parlare."

Pietro è convinto che gli incarichi buoni arrivino solo dalla politica. Che limitarsi a fare la contabilità per le aziende o le dichiarazioni dei redditi sia da ragionieri sfigati, non da dottori commercialisti come lui. Se avesse la possibilità di esprimere un desiderio, uno solo nella sua vita, sarebbe quello di sedere nei consigli di amministrazione di grandi società.

Quando qualche mese fa, durante una cena a casa mia in cui era particolarmente di buonumore – complice un'ottima bottiglia di Sauvignon –, gli ho mostrato l'invito di Alice, ha commentato: "Ma in quei giorni c'è il congresso! E poi, lo sai, sono allergico ai matrimoni, soprattutto a quelli del Sud, che ti tengono in ostaggio per due giorni".

Come contraddirlo? Ha ragione, è un supplizio pure per

me. Anche se ogni tanto un calcio ai suoi convegni e ai suoi pregiudizi sul Sud lo potrebbe pure dare, visto che dice di amarmi e il mio accento partenopeo si sente ancora forte.

Tiro di nuovo fuori il cellulare dalla borsa per controllare se mi ha scritto, ma non c'è nulla. Sarà impegnatissimo negli ultimi preparativi del convegno.

L'aria condizionata mi sta uccidendo, ma per proteggermi la gola posso sfoggiare il foulard di Hermès di nonna Lidia. Lo comprò usato, lo trattava come una reliquia e me l'ha lasciato in eredità, insieme alla toeletta in radica con lo specchio incorniciato da un ottone brunito che ogni mattina mi catapulta negli anni Trenta. Chissà cosa direbbe, se mi sapesse non ancora accasata. Lei, pressappoco alla mia età, stava per diventare nonna.

Invece sarebbe stata contenta di vedere Alice sposata, anche se forse avrebbe trovato un tantino esagerato che la nipote ci credesse così tanto, ai matrimoni, da collezionarli. A trentasette anni Cice aveva già divorziato da due mariti, e a trentanove sta per pronunciare il terzo sì. Anche questa volta il suo sarà il classico matrimonio della "Napoli bene" e all'altare la aspetterà un brillante neurochirurgo. Come ormai da tradizione, mia zia Pucci è al settimo cielo. "Ora posso pure morire" ha detto a mia madre, per farla *schiattare in corpo*.

Nonna Lidia ha avuto due figli, mio padre Felice e mio zio Gianni, il papà di Alice. Porto il suo nome perché sono nata pochi mesi prima di mia cugina e la legge della supponta ha favorito me.

La mia fortuna, però, è finita in quel preciso momento, dato che mia cugina ha recuperato di gran lunga, dalla trasformazione da Assunta ad Alice in poi.

È sempre stata così la storia tra me e lei: a chi tutto e a chi niente.

2

Appena scendo dalla carrozza, trovo Alice ad aspettarmi. Ha un paio di jeans blu scuro, una camicia di lino celeste e delle Superga che intozzirebbero chiunque ma che a lei stanno divinamente. In mano tiene un pacchetto della mia pasticceria preferita.

«Tieni, mettile in borsa, sono le frolle» dice noncurante, mascherando la sua premura.

Se lo ricorda che le sfogliatelle mi piacciono frolle, perché le ricce, con la loro pasta dura e sottile, mi graffiano il palato e danno poca soddisfazione.

«Non le far vedere a tua madre, poi dice che stai chiatta e ti sta male il vestito» suggerisce dopo avermi dato un bacio sulla guancia e avermi preso il trolley. Odora di vaniglia e limone. Ha sempre amato i profumi particolari, quelli non inquadrabili in una categoria precisa. Questo è dolce e deciso. Come lei.

Sto per dirle grazie ma non me ne dà il tempo.

«Sbrighiamoci, dài, ho parcheggiato in seconda fila, zia Paola è in macchina. Qua in stazione è sempre un casino.»

Non me la ricordavo così bella, Napoli Centrale. Tutta rinnovata, quasi avveniristica, sicuramente accarezzata dal tocco di un team di archistar internazionali. Nonostante il restyling, però, rimane sempre fedele a se stessa. Perché a non essere cambiata è la gente che la abita. Mi ha sempre affascinato il microcosmo che ruota intorno alla stazione, una sorta di ritrovo per vecchiarelli stanchi di restare a casa a sentire le lamentele delle mogli e *uaglioni di strada*, come li chiama mia madre.

È un luogo che regala un po' di speranza: di un ritorno desiderato, di un ricongiungimento, di un viaggio per mollare una vita infelice, per lasciarsi alle spalle un po' di sé e ricominciare. Pure se il biglietto, alla fine, non lo si compra. Solo l'idea rende le cose più sopportabili. Nelle stazioni – ma soprattutto in quella di Napoli – ci sta la vita, ci sta il sentimento. La gente va e viene. Si ride e si piange. Si portano fardelli o si viaggia leggeri.

Non appena usciamo su piazza Garibaldi, l'aria calda mi avvinghia. È il solito groviglio disordinato di gente e macchine e scooter e monopattini. La statua dell'eroe dei Due Mondi che la domina sembra benedire tutti quelli che arrivano in città.

Alice si fa strada tra auto parcheggiate malamente e persone ciondolanti, è abituata a schivare le difficoltà e prendersi quello che vuole. Si capisce molto di qualcuno, dal modo in cui cammina. Io la sto seguendo, ho i sandali aperti e ho paura di pestare qualche schifezza o un coccio di bottiglia. Incedo sulle punte come se avessi paura di rompere delle uova.

Con un *clic* accende le luci di una Mini rossa fiammante in cui scorgo mamma seduta dietro.

«Mi ha chiesto di chiuderla dentro» mi spiega Cice. «Ci stanno troppi ceffi qui in giro. Non ti preoccupare, l'ho lasciata all'ombra e le ho preso una bottiglia d'acqua fresca» e mi fa l'occhiolino mentre carica la valigia nel portabagagli.

Appena mi vede, mia madre mi sorride e mi fa ciao con

la mano. Sembra una di quelle bambine timide che accennano un saluto.

«Mamma, mettiti avanti» le dico con aria scocciata aprendo la portiera.

«Sto più comoda qua» mi risponde, compiaciuta di essersi immolata e avermi ceduto il posto accanto al guidatore. Mi scruta con attenzione, scommetto che mi sta osservando pancia e fianchi per vedere se sono dimagrita grazie alla dieta di Marisa, la sua parrucchiera, che ha perso ventitré chili mangiando "un poco di tutto".

Quando me l'ha inviata su WhatsApp con le raccomandazioni finali "è un regime ipolipidico e ipoglicidico, si consiglia di fare attività fisica aerobica almeno quattro volte alla settimana per un'ora", avrei voluto risponderle "eh, mamma, ma *grazie al ca...* che uno dimagrisce così!". Ma, per evitare questioni, mi sono limitata a ringraziarla, promettendole di iniziare il "regime", anche perché sennò lei si fa venire paure immaginarie, tipo che vengo trovata morta in casa, sola, dopo giorni dal decesso, per un ictus causato da qualche chilo e uno spritz di troppo.

Che poi, a onor del vero, io sono decisamente normopeso. Da ragazza avevo qualche chilo in più che però, ai primi sospiri amorosi, ho subito perso.

Ma l'idea di me grassottella mi è sempre rimasta appiccicata. Nella nostra famiglia è così. Difficilmente le cose mutano. In genere restano proprio cristallizzate. Ovviamente anche in bene: se sei bella e intelligente, nessuno cambierà opinione, pure se invecchi e non combini niente nella vita.

«Tu e Cice avrete un sacco di cose da dirvi sul matrimonio» esclama mia madre entusiasta, «io so già tutto da zia Pucci.»

«Non ho dubbi» rispondo, tentando di camuffare il sarcasmo.

«Mamma questa volta ha voluto fare le cose in grande» interviene Alice.

«Be', Cice, ma è normale. Quando si sposa l'unica figlia femmina che vuoi fare, le cose *arrepezzate*?»

«No, zia, che c'entra. Però, non so perché, mamma sta proprio su di giri. Non te ne sei accorta?»

Mia madre non risponde. Io vorrei dire: "Forse perché spera che sia l'ultima volta che la figlia si sposa? Che magari le massime del 'non c'è due senza tre' e 'il tre è il numero perfetto' corrispondano a verità?".

Ovviamente taccio. Lasciamo che la domanda di Alice si dissolva nell'aria. Come le bolle di sapone che gli invitati soffieranno una volta che i novelli sposi si saranno dichiarati amore eterno. Ne sono arrivate quattro scatole dalla Cina, per un totale di almeno cento confezioni. Bianche, su ognuna ci sono le loro iniziali argentate. Le hanno fatte recapitare al negozio di mio padre. Speriamo almeno che non siano tossiche.

"Il riso sporca gli abiti scuri di sposo e invitati e, in più, attira piccioni e gabbiani." Così pare abbia esordito zia Pucci durante il primo summit organizzativo del matrimonio. A Napoli i wedding planner sono destinati a fallire, di solito escono scemi e rinunciano all'incarico, dato che l'ingerenza famigliare è pregnante e l'ultima parola è sempre della madre della sposa.

«Ma poi Manuela ha confermato? Viene da sola o con Matteo?» Mamma attacca a interrogare Alice, e io mi incanto a guardare fuori dal finestrino.

Uscire da piazza Garibaldi ti drena ogni energia. È come restare imprigionato in una ragnatela. Devi fare una serie di giri intorno a una rotonda e c'è sempre qualche automobile, o peggio ancora mandrie di scooter, che si infila dappertutto per superarti. Non è per la fretta, è che a prescindere ti devono *fottere*. Il napoletano prova piacere se conquista la pole position, così al semaforo può sgasare quell'attimo prima che scatti il verde. E sarà in anticipo di – cosa saranno, tre secondi? – sulla vita.

«Sì, sì. Ma non sapevano ancora a chi lasciare Achille, stavano cercando una tata. Ma all'ultimo momento chi vuoi trovare?»

Alice ha una guida sportiva e ogni volta che accelera faccio un balzo indietro, incollandomi allo schienale del sedile. A mia madre invece sembra che non faccia alcun effetto e continua imperterrita a spettegolare sul matrimonio. A me sta per venire da vomitare.

Ci lasciamo finalmente piazza Garibaldi alle spalle e imbocchiamo corso Umberto I. Ho sempre amato la maestosità dei suoi palazzi, peccato che chi ci abita difficilmente riesca a dormire, visto che è sempre trafficatissimo. Che senso ha vivere in una casa meravigliosa dai soffitti affrescati e alti più di tre metri e mezzo, quando non puoi aprire le finestre perché il rumore ti assorda?

«E Lucia? Che fine ha fatto?» Mia madre è inarrestabile.

«Sta una bellezza, sai che si è separata dal marito... aspetta, come si chiamava?»

«Ma chi? Renato?»

«Eh sì, lui. Se n'è andato a vivere a Roma, lo sai?»

Parlano di persone che non ho mai sentito nominare. Io non distolgo lo sguardo dal finestrino, mentre passiamo davanti a quella che sarebbe potuta essere la mia università, se avessi deciso di restare a Napoli.

Siamo quasi arrivati, Alice chiacchiera amabilmente mentre scansa pedoni e scooter con una abilità da fare invidia e la mia nausea raggiunge livelli vertiginosi.

Da via Monteoliveto continuiamo per via Sant'Anna dei Lombardi e finalmente entriamo in via Toledo.

«Arrivate a destinazione!» Alice parcheggia con nonchalance sul marciapiede, scende, apre lo sportello a mia madre e la aiuta a uscire. La stringe con affetto e le dice qualcosa nell'orecchio che non riesco a sentire. Poi l'abbraccio tocca a me. Infine Cice prende il mio trolley dal bagagliaio e mi ricorda l'appuntamento di oggi pomeriggio.

«Lidia, per cortesia, non tardare che Gennaro ha l'agenda a incastro. Le misure gliele ho mandate e lui è precisissimo, ma qualche aggiusto si dovrà comunque fare. Devi stare lì alle cinque.»

Mi ero dimenticata che a Napoli tutto è un fatto personale. Se devo comprare le banane vado da Peppino (il fruttivendolo), poi c'è Michele (il giornalaio), Lello (il macellaio) e Gennaro (il sarto).

«Non ti preoccupare, giusto il tempo di mangiare una cosa al volo e vado.»

«Sì, stai tranquilla, Cice, a casa è tutto pronto. Spero che Felice sia già passato da Maurizio (il salumiere), visto che sono le tre. Vuoi salire così mangi un boccone con noi?» si intromette mia madre.

«Grazie, zia, ma ho un po' di cose da sistemare. E poi a pranzo – lo sai – io mangio solo una barretta.»

Lei non risponde, ma so già che sta pensando di chiederle la marca di quei bastoncini proteici per poi comprarmeli e infilarmeli nella valigia. Avrebbe proprio voluto una figlia come lei.

Salutiamo Alice e svoltiamo in via Tommaso Caravita. Ho insistito per non farci accompagnare proprio davanti a casa, avevo voglia di fare quattro passi nella strada dove sono nata e cresciuta. È rimasta identica a come la ricordavo, Napoli davvero non invecchia mai. Nonostante sia una via che sfocia in due zone molto trafficate del centro storico – da un lato via Toledo, dall'altro piazza Monteoliveto –, non è mai stata intaccata dal caos. Le poche persone che la percorrono non sembrano andare di fretta e le automobili passano ogni morte di papa. Se

Napoli fosse coperta d'acqua, il centro storico sarebbe un fiume agitato e via Caravita un suo affluente placido, senza rapide o onde pericolose.

Da piccola ero orgogliosa di abitarci, e se qualcuno con aria di sufficienza mi diceva che non la conosceva, io avevo la risposta pronta: "Ma come, è famosissima! De Sica ci ha girato un episodio dell'*Oro di Napoli*! Avete presente quel palazzo da cui scappa Silvana Mangano? È in via Caravita, al numero 14. È attaccato al negozio di rigattiere di papà, che sta al 12".

Un uomo con dei sacchetti della spesa in mano è proprio davanti al nostro palazzo, al numero 10.

«Papà!» gli corro incontro. Ci abbracciamo, trolley e buste finiscono a terra. Affondo la testa nel suo petto che odora di sandalo e cuoio.

Finalmente mi sento a casa.

«Ti ho preso la provola, c'era pure la parmigiana appena sfornata e te ne ho comprata una porzione. Mo' chi la sente tua madre, lei ti aveva preparato i friarielli affogati.»

Vorrei abbracciarlo di nuovo per la tenerezza che mi fa questa sua trasgressione culinaria, solo per me.

«Paola, prendi tu l'ascensore, ti metto dentro il trolley. Io salgo a piedi con Lidia.»

Varco la soglia di casa e mi tolgo i sandali, camminare sulla graniglia fresca mi dà subito sollievo. Porto la valigia al piano di sopra, fino alla mia stanza. È la stessa di quando ero adolescente, con le locandine dei film di Leonardo Di Caprio alle pareti e le cartoline attaccate sulla testiera del letto. Il mio terrazzino ha la vista sui tetti del centro storico e, soprattutto, su quello enorme, verde, che ricopre la basilica di Santa Chiara.

Mi lavo le mani nel mio piccolo bagno e mi guardo allo specchio. Quello che vedo non mi piace. Sono la versione sfiorita di me stessa. I miei occhi chiari sono iniettati di sangue, l'aria condizionata del treno e lo sbalzo di temperatura mi hanno rotto dei capillari. Nulla che un buon collirio non possa sistemare, mentre per i miei capelli con nuovi riflessi castano ramati non credo ci sia rimedio, visto che l'umidità li ha resi gonfi, nonostante le massicce dosi di spray modellante che ieri ho chiesto di mettere alla mia parrucchiera.

Sento di nuovo una stretta allo stomaco, è sicuramente la fame. Mi tampono la faccia con i palmi ancora bagnati e cerco di fare un sorriso, che però non migliora la situazione.

Scendo le scale lentamente, in cucina la tavola apparecchiata è una carezza. La tovaglia di lino beige, i piatti di porcellana di nonna bordati di blu cobalto che mamma tira fuori per le occasioni speciali e le posate d'argento che papà comprò per poche lire a un mercatino a Firenze mi danno subito conforto.

E poi i sottobicchieri, che sono una caratteristica della mia famiglia. Anche con i bicchieri riciclati dai vasetti della Nutella non mancano mai.

«Papà, allora, come va?» gli chiedo mentre prendo il *cozzetiello* del pane cafone. Da sempre la mia parte preferita, con molta crosta e poca mollica.

«Benissimo, tesoro. Che bello che sei scesa» mi risponde con aria un po' affaticata dopo essersi versato il solito aglianico che beve da quando ne ho memoria.

«Oggi non vai in bottega?»

Glielo domando dopo aver buttato giù il primo boccone di provola. Ha un sapore buonissimo, che avevo dimenticato, e la nausea piano piano sembra sparire.

«Questo pomeriggio non lavoro, ci sono stato stamattina presto perché dovevo mettere l'ultima mano di vernice su un quadro. Anzi, dopo vorrei ci andassimo un attimo insieme, così te lo mostro. Sarebbe finito, in teoria, ma sono indeciso sui colori, mi sa che ho fatto una mezza pazzia col cielo e ho bisogno di un tuo parere. Sono ancora in tempo per fare qualche cambiamento. Che ne dici?»

«Se ritardo alla prova del vestito, Alice mi uccide! Va bene se passo di ritorno dal sarto?»

«Ma certo, anche perché ti accompagno pure io da Gennaro, ché mi sono fatto allargare la giacca della tua laurea. Non lo so se vuole venire pure tua madre.»

Lei tace, immusonita. Sembra le dia fastidio l'entusiasmo di papà. A lei non ho chiesto come sta, forse perché la risposta già la so.

«Quella giacca?» gli domando, divertita. «Niente di meno! Papà, mi sono laureata quindici anni fa!»

«Guarda che è ancora stupendo quell'abito, il pantalone si chiude che è una bellezza. Lo feci confezionare dal sarto, ti ricordi? Un grigio fumo di Londra che mi farà pure più elegante di mio fratello!»

«Non esageriamo. Zio Gianni già me lo immagino, vestito di tutto punto! È sempre stato impeccabile in ogni occasione» gli rispondo mentre unisco un pezzo di provola a un boccone di parmigiana.

«Eh, certo, con i soldi è facile, cara Lidia.»

Eccola là, mia madre. Livorosa come sempre.

Papà e io non proferiamo parola, lui fissa il bicchiere vuoto e il buonumore di poco fa si spegne. Poi volta la testa, ci guardiamo e mi fa l'occhiolino. Gli regalo il mio sorriso più sincero e lui ricambia.

«Vado a farmi dieci minuti di sonno e poi usciamo, va bene, Paola?» annuncia, rivolgendosi a mia madre. Lei replica borbottando qualcosa di incomprensibile.

Un secondo dopo essersi alzato, papà chiude gli occhi e si appoggia al tavolo.

«Papi, tutto a posto?» chiedo, allarmata.

«Sì, sì. Mi sono sollevato di scatto e il vino mi è andato alla testa.»

Mentre si allontana mi sembra improvvisamente invecchiato. Da quanto tempo non torno a casa? Mi assale un po' di tristezza e per la prima volta ringrazio Alice per avermi riportata qui. Mi mancava papà. Succede sempre così: io sento la sua nostalgia quando sto con lui, e non se sono lontana. La distanza ovatta i sentimenti, i chilometri anestetizzano tutto. Sarà per questo che qui ci torno mal volentieri, perché questa città va a sfregare sulle ferite, ti tortura. Ti fa fare i conti con quello che tu non vuoi vedere.

Mannaggia a te, Napoli.

3

«Lidia, *comm ti si' fatta bella!*»

«Eh, Genna', dite così a tutte, già lo so!»

Gennaro il sarto è praticamente uno di famiglia, già mia nonna Lidia andava a farsi fare i "vestiti buoni" da suo padre. Poteva mangiare pane e cipolla per mesi e risparmiare su tutto, ma doveva andare vestita sartoriale.

Quando ha ereditato l'attività, Gennaro ha saputo conservare la tradizione napoletana aggiungendoci un tocco di contemporaneità. Non si è accontentato e a un certo punto ha capito che per crescere doveva allargare l'orizzonte. È uscito dalla comfort zone – come dicono adesso i guru motivazionali – ed è andato a fare apprendistato dal grande Attolini, dove ha imparato i segreti dell'arte della sartoria napoletana.

Gli arredi del suo atelier sono sempre gli stessi, ma non c'è nulla che sappia di vecchio, qui dentro. C'è una operosità invidiabile che si concilia perfettamente con il fare serafico del titolare.

«Iniziamo con voi e poi passiamo a Lidia, signor Felice? La giacca è venuta proprio *nu' bijou!*» dice Gennaro sorridendo, con il metro intorno al collo e gli occhialetti sul naso aquilino.

«Ah, ma certo, le cose belle le lasciamo per ultime, come il dolce, no?» Mio padre si infila la giacca. Chiude il bottone e si specchia, e io penso a quant'è bello. Nonostante l'età, un po' di pancia e la stempiatura.

«O come l'amaro» mugugna mia madre tra i denti, pensando che nessuno l'abbia sentita.

«Non bisogna fare proprio niente! Scende a pennello» commenta Gennaro.

«Ma voi siete un mago!» esclama papà, tutto contento.

«Eh, mo' non esageriamo. Questa era *cos 'e nient*. Ora arriva il capolavoro. Lidia, sei pronta?»

Gennaro armeggia con delle chiavi e, quando finalmente trova quella giusta, apre un armadio a tutta parete.

È stata Alice a volermi regalare l'abito. Quando mi ha videochiamato per dirmi che lei e Gregorio si sarebbero sposati, subito dopo avermi mostrato l'anello di fidanzamento con diamante da tre carati, mi ha chiesto di essere la sua damigella. In collegamento c'era anche il suo futuro marito, il che ha reso impossibile rifiutare.

"La damigella è la persona più vicina alla sposa, ma non ha tutte le incombenze della testimone! Sei contenta?" ha spiegato, di fronte alla mia espressione poco convinta. Già pensavo a quale scusa inventare e con quanto preavviso sottrarmi a una pacchianata del genere. Ma non c'è un'età oltre la quale è vietato per legge fare le damigelle? Quarant'anni non dovrebbero essere sufficienti per declinare educatamente?

"Il vestito te lo faccio fare da Sarli, insieme al mio. Organizzo tutto io, dammi le misure e stai serena! Il matrimonio è a tema 'cinema' e a te è toccato *Colazione da Tiffany*... Dato che il nero non si porta ai matrimoni e quindi il tubino alla Audrey è bocciato, useremo il colore simbolo della gioielleria! Geniale, no?"

Non potendo oppormi, ho posto una sola condizione: se

avessi dovuto avere un abito azzurro Tiffany, a farlo sarebbe stato Gennaro. Su questo non avrei negoziato.

Alice è stata felice di accontentarmi e io, dopo averle mandato le mie misure, non mi sono più interessata al vestito. Anche perché, a detta sua, doveva essere una sorpresa.

E ora è arrivato il momento di sapere cosa indosserò domani. Un po' sono curiosa, anche se in fondo non me ne importa nulla, perché lo metterò solo una volta, poi lo abbandonerò a casa dei miei, salirò su un treno per Trieste e mi lascerò questo matrimonio alle spalle. Esattamente come gli altri due.

«Eccomi qui! Vado?» Gennaro regge fiero la custodia ed è il più entusiasta di tutti. La apre lentamente e quando svela il suo contenuto non credo ai miei occhi. È un abito in seta e chiffon in stile impero con una scollatura rotonda bordata di piccoli cristalli che lo rendono luminosissimo. Del color azzurro Tiffany neppure l'ombra, è un grigio perla elegante e discreto.

Mamma, papà e io restiamo a bocca aperta.

«Ma...» mormoro.

«Allora? Che ne dici, Lidia? Sarai la damigella più bella che si sia mai vista! Altro che – come si chiama quella... – Pippa Middleton!»

«Gennaro!» esclama mia madre, radiosa. Da quando l'ho vista in macchina di Alice, per la prima volta sembra contenta. «Non avevo proprio idea che...»

«Eh, lo so. Vi abbiamo fatto credere che sarebbe stato azzurro e con le balze, tipo meringa! Ma pure voi però, signora Paola! Potevate mai pensare che la sartoria di Gennaro Vitiello poteva fare una cosa cafona! E *ja*!»

«Avete ragione, in effetti...»

«A dire il vero, lo ha scelto Alice. Io ho solo eseguito e, conoscendo Lidia, ho voluto adornare il décolleté. So che non porta gioielli. Mi ricordavo bene?» dice rivolgendosi a me.

Annuisco, ho la gola secca e non riesco a pronunciare una sillaba. Non ho mai avuto un abito così meraviglioso in tutta la mia vita. Se un giorno dovessi sposarmi, lo vorrei proprio così.

«Chissà quanto è costato! Devo rimproverare Cice.»

Come faccia mia madre a rovinare qualsiasi cosa bella, non me lo so spiegare.

«L'ho trattata bene, non vi preoccupate» la rassicura Gennaro con un sorriso soddisfatto.

Io in questo momento spero solo che mi entri, perché rinunciare a un vestito così sarebbe un sacrilegio. Un brivido di terrore mi percorre la schiena. Ora che ci penso, mi sa che ho un po' barato sulle misure, come faccio con il peso. Mi tolgo sempre qualche chilo. Mi auguro solo di non aver esagerato.

Entro nel camerino con l'abito fra le mani, la stoffa è impalpabile e leggerissima. Lo infilo in due secondi e la lampo si chiude perfettamente. Devo essere dimagrita, oppure Alice ha aggiunto un paio di centimetri a mia insaputa.

«Voilà!» Esco e faccio una mezza passerella per farmi vedere.

«Non mi incenso mai, ma questa volta sono proprio fiero di me!» esordisce Gennaro accarezzandosi i baffi grigi.

«Ma il tema cinema? Tiffany?» gli dico ancora commossa.

«Era uno scherzo! La conosci tua cugina, no? Credimi, Lidia, è stato un piacere cucire questo vestito. Sono contento più io di te! E poi, magari, può essere che trovi un bel fidanzato!»

Ecco qua. Pure lui ha il talento di sciupare un bel momento. Questa volta, però, non taccio.

«Io, a dire il vero, il fidanzato ce l'ho» gli rispondo, lasciandolo allibito. Ma veramente l'idea che io stia con qualcuno appare così assurda?

Gennaro lancia un'occhiata a mia madre, la quale evidentemente si sente in dovere di replicare.

«Sì, è vero, ma il ragazzo fa il prezioso!» aggiunge lei, non risparmiando il tono acido.

«E dài, Paola!»

«Feli', e mo' che ho detto di male! È la verità! Ti pare che uno non può venire a un matrimonio perché deve andare a un convegno?»

«Se lo ha organizzato lui, mamma, certo che non riesce a essere presente!» Difendo Pietro nell'unico modo che posso, ma in realtà è solo un'attenuante alla mia amarezza.

«Non è un po' lungo?» Mia madre cambia discorso, non ama parlare del mio fidanzato neppure se ha l'occasione per criticarlo.

«È vero, che stupido, vado a prendere le scarpe.»

Gennaro torna dopo due minuti e mi porge una scatola con un paio di sandali color argento. Le fascette hanno la stessa decorazione del vestito. Anche questi mi calzano a pennello. Con i tacchi l'abito veste ancora meglio.

«*Si' nu' pezz 'e guagliona*, Lidia! Non bisogna fare niente, te lo puoi pure portare a casa. Ora te lo faccio stirare, tu lascialo nella custodia, attaccato all'anta dell'armadio. Mi raccomando, presta solo attenzione a non sgualcirlo.»

«Ci penso io!» interviene mia madre.

Appena usciamo dalla sartoria telefono ad Alice, il minimo che posso fare è ringraziarla. Questa volta mi ha davvero sorpreso. Di solito è lei a voler essere la più bella, brava e buona.

Deve essere vero, allora, che le persone felici diventano migliori.

4

Arrivo in via dei Mille alle dieci spaccate. Sono venuta a piedi nonostante il caldo, costeggiando i palazzi del centro alla ricerca di un po' d'ombra.

Stamattina papà mi ha proposto di fare colazione da lui, in negozio. Nel quartiere il suo caffè è una specie di istituzione ed è da sempre l'elemento caratteristico della sua bottega. Per questo l'hanno ribattezzata Caffè Napoli. Ogni mattina, subito dopo aver aperto, invece di mettere in ordine le vetrine o sistemare la cassa, papà accende il fornello a gas che ha allestito nel retro, e offre una tazzina a chiunque entri, anche se non compra nulla. Lo prepara con la cuccuma e ha un sapore inconfondibile, intenso e morbido, il cui profumo ti entra nelle narici e ti accompagna fino a quando nella tazzina non resta neppure una goccia.

A malincuore ho dovuto rifiutare, ho buttato giù in un sorso solo quello fatto da mamma e mi sono vestita in fretta per non tardare all'appuntamento che mi ha fissato Alice. Non mi aspettavo questo tour de force di ventiquattr'ore, ma mi consolo pensando che il giorno del matrimonio è finalmente arrivato e dopodomani me ne torno a Trieste.

Cerco il nome dell'estetista sul citofono, ma non lo trovo.

Controllo l'indirizzo ed è corretto. Sto per andarmene, convinta di aver sbagliato strada, ma sento il portone aprirsi.

«Lidia!»

«Alice! Che ci fai qui? Tra otto ore ti sposi, non dovresti stare a casa a farti idolatrare da zia Pucci e le damigelle...? Ah, no, questa volta ci sono solo io!»

Non posso credere di essere stata così acida. Sembro veramente una zitella quarantenne incarognita dalla vita.

Eppure Alice finora è stata di una gentilezza quasi imbarazzante. Da quando sono a Napoli è venuta a prendermi in stazione insieme a mia madre, mi ha portato le sfogliatelle, mi ha fatto fare un abito da sogno e mi ha persino regalato una seduta dall'estetista.

«Chantal ti sta aspettando. Io ho appena finito, adesso tocca a te.»

La mia battuta non l'ha scalfita minimamente. È bellissima, ha la pelle di porcellana, i capelli lisci, neri e lucidi che esaltano ancora di più i suoi occhi color del mare. Gli occhi azzurri sono un nostro tratto distintivo, la seconda e ultima cosa che accomuna me e mia cugina, dopo il cognome. Anche se i suoi sono molto più chiari dei miei, tanto che a volte sembrano quasi grigi, brillanti come cubetti di ghiaccio. Alice è l'unica persona che io conosca che con il tempo e le delusioni migliora. Credo che non disdegni il botox, ma anche se così fosse il risultato è meraviglioso. È sempre stata la principessa di casa. Io la Cenerentola, senza principe.

«A che piano devo andare? Non c'è il nome sul citofono.»

«Certo che c'è! E comunque è qui, al piano terra, ti accompagno.»

Ci ritroviamo davanti a una porta a vetri con su scritto ULUWATU - L'OASI DEL BENESSERE.

«Ah... e io che cercavo un normale e dignitoso "estetista"» ridacchio sentendomi molto naïve.

«Per cortesia, Lidia, guai a chiamarlo centro estetico.»

«Scusa, e perché?»

«Perché fa troppo *cheap* e anni Novanta. Lassù a Trieste vi fate ancora la permanente con i bigodini, scommetto!»

Mi sento improvvisamente antiquata e provinciale. Un po' ha ragione, tutto questo glamour a Nordest non c'è ancora.

«Sappi che mi sto sentendo a disagio...» le rispondo, fingendo di essermi offesa.

«Ma va'! Guarda che ti ho prenotato il pacchetto "revitalift". Poi mi ringrazierai.»

«Non vedo l'ora di farmi fare un massaggio, ne ho un gran bisogno! Ti ringrazio già da ora.»

«Massaggio?!»

«Be', sì, sennò che benessere è?» le faccio notare.

«Ehm... Lidia, io vado. Ci vediamo dopo, ok?»

«Sì, certo. O posso ancora svignarmela?» la incalzo con una risatina.

Cice sgattaiola via dopo avermi lasciato alla reception di quello che tutto sembra tranne che un posto dove fanno cerette o massaggi. Assomiglia più a un hotel cinque stelle che odora di incenso costoso.

«Io sono Chantal, ma puoi chiamarmi Chanty» si presenta la donna dietro il bancone. Ha le spalle ampie che fanno risaltare ancora di più il suo vitino da vespa e due seni che sporgono come siluri dalla divisa nera perfettamente inamidata. Le sue ciglia sono folte e lunghe e mi ricordano quelle delle bambole. Gliele fisso con stupore e curiosità e vorrei chiederle la marca del mascara che usa ma, temendo di apparire una sprovveduta, taccio. Chissà quanto tempo impiega ogni mattina a spennellarsele e, soprattutto, quanta energia deve mettere ogni sera per togliersi quella roba dagli occhi. Tempo ed energia della sua unica, sola e irripetibile esistenza che nessuno le restituirà più. Mi sorride con la dentatura di un bianco abbagliante e mi ricordo che non mi sono ancora presentata.

«Ehm, ciao, io sono...»
«Lidia, sì, lo sappiamo. Alice è nostra cliente e ci ha spiegato la situazione...»
«La situazione in che senso?»
Chantal detta Chanty non mi risponde, ma mi accompagna in una stanza piena di macchinari supersonici e mi porge una bustina sigillata.
«Togliti tutto e metti questi. Stenditi sul lettino, io arrivo tra due minuti.»
Apro la bustina e tiro fuori uno slip monouso di una taglia non superiore alla XXS. Me lo rigiro tra le mani ma non trovo la parte davanti.
«Da dove si infila?» mugugno, a disagio.
Chanty entra senza bussare e mi trova con i pantaloni alle caviglie e l'aria interrogativa.
«Tutto bene, vuoi che ti lasci ancora qualche minuto?»
«No, no... è che volevo infilare questo ma...»
Mi guarda con aria schifatissima. Forse perché ho la cellulite o per la depilazione non proprio impeccabile.
«Ah sì, aspetta...»
Dopo averlo cercato per qualche secondo me ne dà un altro.
«Tieni, forse questo va bene per te. È la M, la taglia più grande che abbiamo.»
La L non è contemplata, alla faccia del benessere. Già solo un'azione elementare come infilarti una mutanda ti fa sentire sbagliata. La indosso a fatica, mi sta stretta ma per fortuna mi entra. Il sudore certo non aiuta. Mi guardo allo specchio e – giuro – sembro un lottatore di sumo incazzato.
Pur indossando una comune taglia 44, mi sento enorme. Anche gli slip di carta nei centri benessere dovrebbero essere banditi per legge.
«Stenditi pure, cara.»

«Oplà!» esclamo adagiandomi sul lettino ricoperto di carta, strappandola in due con un taglio netto.
«Tranquilla, sotto abbiamo altri teli protettivi.»
«Accidenti, tra mutande e rotoli di carta qui c'è una foresta disboscata» ridacchio nervosamente.
«Cosa, cara?»
«Nulla, nulla...»
«Bene, bene» mi risponde lei. Ha un fare minaccioso che non mi piace, anche se continua a chiamarmi "cara".
«Vediamo la situazione...» dice studiando il mio inguine. «Ecco, direi che qui abbiamo uno stato non proprio freschissimo, eh?» E mi fa l'occhiolino. Poi si allontana e prende una sorta di rasoio elettrico che assomiglia a una motosega. Fa lo stesso rumore, comunque.
«Che succede?» chiedo io.
«Il laser non fa effetto su un pelo lungo, dobbiamo raderlo.»
«Laser? Ma per carità, no. Io vorrei fare una ceretta, casomai.»
«Ahahah... ma cara, qui non le facciamo mica. Nel terzo millennio i peli si eliminano definitivamente con il laser. Le cerette non le fa più nessuno. Forse qualche cinese...»
«Davvero?» Io mi depilo sempre alla vecchia maniera. Certo, quando per comodità non mi passo la lametta sulle gambe.
«Ok, perfetto» dice tutta contenta dopo aver disboscato le mie parti intime.
Da un cassetto prende una coppia di occhialini, di quelli che si usavano al mare negli anni Ottanta, me li consegna tutta tronfia e io sono felice di ritrovare un tocco vintage in mezzo a tutto questo progresso tecnologico applicato all'estetica. Cioè, al benessere.
«Infilali, e chiudi comunque gli occhi. Qualche minuto e abbiamo finito. Dopo sarai liscia come un delfino e, so-

prattutto, ti ricresceranno tra dei mesi. Vanno ritoccati con altre sedute, mi raccomando. Puoi continuare qui, quando vieni a trovare i tuoi, oppure farai a Trieste. L'importante è finire il percorso.»

Non capisco ma mi adeguo. Resto immobile e cerco di respirare per rilassarmi. Sento un *bip* e, subito dopo, un dolore lacerante che mi fa sobbalzare sul lettino.

«Ahiaaa» urlo, sollevandomi di scatto e facendo cadere gli occhialini.

«Che succede, cara?» Nonostante io sia visibilmente agitata, lei è calmissima.

«Ma mi hai carbonizzato? Che diavolo hai in mano?»

«È il laser, sennò come li brucio i peli?»

«Ma chi li vuole bruciare, dio mio! Io i peli me li voglio tenere! Pensavo mi avessi spento una sigaretta sul pube!» protesto con voce tremante mentre accarezzo il mio inguine rosso fuoco.

«Vuoi mettere un po' di ghiaccio prima di continuare, cara?»

«Continuare? Ma per l'amor del cielo, guarda, finiamola qui. Non so come faccia Alice a sottoporsi a questo supplizio.»

«Lei il laser non lo fa, non ne ha bisogno» mi risponde piccata.

«E neanche io!» obietto cercando di alzarmi dal mio lettino di dolore. «Certo che mia cugina ha del coraggio a definire questa tortura "trattamento benessere"!» Evito la parola "estetico" che fa cafone, a quanto pare.

Chanty alza gli occhi al cielo ma continua a mantenere una calma zen invidiabile. Sarà tutto l'incenso che respira qui dentro a donarle assoluta serenità.

«Vuoi che passiamo direttamente alla coppettazione? Alice ti ha prenotato anche una seduta per migliorare il ristagno dei liquidi» prova a rassicurarmi.

La prospettiva di un massaggio linfodrenante mi ripaga della mattinata schifosa che ho avuto fino a adesso.

«Sì, grazie. Ma proprio non è possibile una ceretta veloce, vero?»

«Siamo spiacenti. Sono cose che proprio non trattiamo.»

Pure il plurale maiestatis! Che mi tocca sopportare per essere un po' più curata.

«Ci dobbiamo spostare dalla cabina laser e andare in quella per i trattamenti.»

Mentre mi parla come se fossi una bambina disobbediente, raccolgo i miei vestiti appallottolati, infilo delle ciabattine di carta (tanto per cambiare) e, con gli slip completamente inghiottiti dai glutei, cammino seminuda strisciando i piedi nel corridoio.

Chanty mi fa strada fino a un'altra stanza. All'interno la luce è soffusa e c'è un odore delizioso di arancia candita e vaniglia che mette di buonumore.

Accanto al lettino noto delle piccole campanelle di vetro.

«A pancia in giù!» mi intima quella che fino a poco fa è stata la mia aguzzina.

Adesso, però, credo che la perdonerò, perché sto per rilassare i muscoli della schiena sotto le sue sapienti mani e già immagino il suono celestiale delle campane – chissà se sono tibetane – mentre il mio corpo finalmente si riposa.

«Alice era proprio contenta di regalarti questo trattamento, si vede lontano un miglio che ti vuole molto bene, sai? E poi, vedrai quanto giovamento!»

Sono stupita dal commento di Chanty sui sentimenti di mia cugina nei miei confronti. Deve averle parlato del nostro rapporto, oltre che della mia situazione tricologica e linfatica. Trovo alquanto improbabile che io mi possa sposare, vista l'allergia di Pietro ai matrimoni, ma una cosa la so: eviterei come la peste le damigelle. Con buona pace di Alice.

Non mi pare il momento di pensarci adesso. Chiudo gli occhi e cerco di sgombrare la mente.

«Un massaggio è proprio quello che mi ci vuole» dico a Chanty respirando a fondo.

«Ma questo è molto più di un massaggio! La coppettazione è una pratica orientale in grado di mobilitare le forme di ristagno del corpo, rilassando i muscoli e agendo sulle tensioni psichiche.»

Mi versa dell'olio tiepido sulla schiena e inizio già a sentire tutte le tensioni accumulate che si sciolgono. Sto quasi per addormentarmi sotto le sue dita esperte, quando sento una ventosa sulla coscia destra, come se un enorme tentacolo di polpo mi avesse agguantato e faticasse a staccarsi.

«Ma cos'è?» grido. Apro gli occhi, torco il collo per quanto la cervicale me lo consente e vedo che ho le gambe coperte di campanelle di vetro. Sono peggio di sanguisughe, dentro ognuna di loro c'è un po' della mia coscia e Chantal le muove causandomi un fastidio che a poco a poco si trasforma in sofferenza.

«Sono le coppette. Vedi? Aspirano la pelle stimolando la circolazione. Così i liquidi non ristagnano.»

«Ma è normale che faccia così male? Io non credo...»

«Se senti dolore vuol dire che hai la cellulite, cara.»

E ti pareva. Una parola buona qui dentro neanche a pagarla oro. Ho perso la sensibilità delle cosce, è ufficiale.

Quando finisce, Chanty mi invita a rivestirmi e mi lascia sola. Controllo nello specchio il risultato: assomiglio ancora a una lottatrice di sumo, che però è uscita perdente da un incontro all'ultimo sangue, visto che ho le gambe piene di macchie violacee provocate dal risucchio delle malefiche coppette.

Per fortuna la gonna del mio abito è lunga e le braccia che sono scoperte sono state graziate.

Mi ricompongo alla velocità della luce, saluto la megera e mi precipito in strada prima che possa propormi chissà che altro trattamento killer. Per fortuna c'è un taxi libero proprio davanti a me.

Non vedo l'ora di andare a casa e stapparmi una birra gelata, anche se non è neppure ora di pranzo. Al matrimonio ci vado sbronza, sarà l'unico modo per divertirmi.

5

I miei si sono già avviati a Villa Vittoria, non sia mai che mia madre trovi occupato il posto in prima fila accanto ai genitori della sposa. Quando papà mi ha salutato era leggermente pallido, con l'aria *sfasteriata*. Stasera gli propongo di starcene un po' da soli, in terrazza, a farci quattro chiacchiere prima di andarcene a dormire. Quelle spensierate, che lui chiama *chiacchiere 'e cafè*.

Quando sono a Trieste, imbastiamo grandi conversazioni al telefono, prima di cena. Non spesso quanto vorrei, soprattutto quando c'è Pietro, che non perde occasione per accusarmi di avere un rapporto morboso con papà. Cosa assolutamente non vera, dato che ci sentiamo un paio di volte alla settimana, se ci va bene. Il mio fidanzato non è abituato ad avere confidenza con i suoi, quando stiamo da loro è freddo, parla poco, sembra quasi anaffettivo. Che non sia *pettola 'e mammà* mi fa anche piacere, per carità. Ma tra la quasi indifferenza e l'attaccamento patologico ci sono una serie di sfumature che lui decisamente non coglie.

La sveglia sul cellulare mi avverte che è ora di scendere. Manca un'ora al matrimonio. Visto che i miei genitori hanno una sola macchina, mi accompagna Angelo, il portiere del nostro palazzo. I miei gli danno sempre una mancia mensile per il disturbo che si prende a raccogliere i sacchetti della spazzatura che lasciano davanti alla porta. Quando papà è in bottega e mamma deve fare delle commissioni, le fa anche da autista con la sua Alfa 33 Quadrifoglio Oro color rosso magenta, lucidissima.

Accanto al portone ad aspettarmi, però, c'è suo figlio.

«Sei uno splendore, Lidia! Papà è andato ad aggiustare la lavatrice dalla signora De Luca. Non ti dispiace se sono io a sostituirlo?»

Francesco ha un anno più di me e siamo cresciuti insieme. Da piccola era il mio idolo, ero sicura che ci saremmo fidanzati e poi sposati.

A lui ho dato il mio primo bacio.

Un pomeriggio afoso mi disse di aspettarlo seduta sulle scale, accanto alla porta di casa sua. Si allontanò e io rimasi da sola nel cortile deserto. Anche la guardiola di suo padre era chiusa. Mi sentii persa senza di lui. Non ci lasciavamo mai quando giocavamo e iniziai a piangere. Era via da qualche minuto, ma a me, che di anni ne avevo quasi sei, sembrò un'eternità. Quando dopo poco lo vidi tornare provai un senso di felicità che, se ci penso, sento ancora adesso una fitta allo stomaco.

"Tieni, sono per noi" e mi porse un ghiacciolo alla Coca-Cola ripieno di limone. Quel gelato, adesso, non esiste più.

"Chi te li ha dati?"

"Li ho presi da Don Peppe. Sono entrato nel bar e quando è andato dietro al magazzino ho aperto il freezer dove ci stanno i gelati e me li *so' fottuti.*"

Li mangiammo seduti vicini, con le gambe che si sfioravano. Quando finimmo, andammo a lavarci le mani appiccicaticce sotto la fontana dove il padre riempiva il secchio per lavare scale e androne. Le asciugammo sui vestiti e io gli diedi un bacio sulla guancia. Ci sentimmo grandi e, soprattutto, fortunati.

Cinque anni dopo, quando i suoi genitori si separarono, andò a vivere con la madre vicino a piazza del Plebiscito, e anche se in linea d'aria non eravamo lontani neanche due chilometri, ci sembrava una distanza enorme.

Dal padre iniziò a non venirci quasi più; la madre si risposò con un avvocato che aveva perso la moglie e la sua unica figlia in un incidente stradale.

"E che viene a fa', si scoccia di stare in guardiola assieme a me! Lui mo' studia tanto e fa sport!" rispondeva Angelo a chi gli chiedeva dove fosse suo figlio.

Il patrigno si dedicava a lui con una dedizione amorevole e Francesco, dopo la maturità classica, si iscrisse a Giurisprudenza. Da migliori amici finimmo per diventare buoni conoscenti.

Quelle rarissime volte che ci incontravamo, di solito sotto casa mia quando veniva a trovare Angelo, però, ci facevamo delle lunghe chiacchierate.

Le ultime sue notizie le ho avute da mia madre, un paio di mesi fa. Quella che doveva essere una normale telefonata di saluti si è trasformata in uno scoop comunicatomi con voce concitata.

"Tu hai capito un poco, Lidia! Francesco, il figlio del portiere! Ha passato il concorso per diventare magistrato! Gesù, non ci posso pensa'!"

«Che onore!» gli dico dopo averlo abbracciato. «Mamma mi ha detto. Congratulazioni, Francesco. Anzi, dottor D'Avanzo. Ti devo dare del lei, giusto?»

«L'onore è mio. Sei tu che ti fai desiderare e a Napoli non ci vieni più! Ma papà mi tiene aggiornato.»

Mi apre la portiera della sua BMW blu scuro metallizzato, mi fa una specie di inchino, poi sale in macchina e partiamo. Via Roma è poco trafficata, d'altronde in un sabato di giugno così caldo la gente va a cercare un po' di frescura a Posillipo o a Marechiaro.

«Meno male che ci sono i nostri genitori, allora, a diffondere le belle novità! Anche se io non ne ho di importanti come le tue.»

«Per me diventare magistrato è sempre stato un sogno, anche se ci ho messo dieci anni e tre tentativi» ammette ridendo. «Mi sono ucciso sui libri, ma alla fine ce l'ho fatta.»

«Non ti piaceva fare l'avvocato?» lo incalzo incuriosita.

«Oh sì, moltissimo, ma come piano B. Ora sto aspettando di conoscere la sede di assegnazione e sto sbrigando le ultime incombenze lavorative. Poi c'è tutta la questione della cessione dello studio legale che mi sta prendendo tempo ed energie. Sai, lasciarlo andare non è facile, soprattutto perché lì dentro ci sono tutti i sacrifici di Augusto, il marito di mamma.» Lo ascolto guardandolo rapita, non mi ricordo neanche quando ci siamo visti l'ultima volta, ma capisco quanto sia vera l'affermazione "sembra ieri che ci siamo salutati".

«Mi sono sempre sentito responsabile dello studio e da quando l'ho rilevato l'ho portato avanti al meglio delle mie capacità. Augusto mi ha spronato a ritentare il concorso, a non preoccuparmi delle pratiche dell'ufficio e pensare solo a studiare. Me lo ha ripetuto continuamente, anche gli ultimi giorni prima che ci lasciasse.» Mentre parla gli brillano gli occhi.

«Ma che bello, Francesco, finalmente vedo qualcuno contento e motivato e non con la faccia appesa! Sono circondata da pessimisti a Trieste. Che fastidio! Mi ero dimenticata che qua siete tutti felici.»

«E allora torna, no?» dice con uno sguardo furbo, lo stesso di quando era bambino. Lo stesso di quel lontano pomeriggio d'estate, quando ci siamo dati quel bacio che, in tutta quell'innocenza e purezza, non ho mai dimenticato.

«La fai facile, tu!» ribatto io.

«Ma è facile... scusa, che ti trattiene?»

Resto zitta, niente di quello che potrei rispondere è poi così interessante. Per fortuna, è lui a interrompere il silenzio.

«Insegni sempre, sì?»

«Sì, lettere e filosofia alle superiori. Quest'anno mi sono scampata la maturità, sennò chi la sentiva mia cugina! Non sarei potuta venire con gli esami in corso.»

Mentre parlo mi rendo conto che a non avere più l'entusiasmo negli occhi, nei gesti, nei pensieri, sono proprio io.

«Che peccato, però... deve essere emozionante seguire i ragazzi in un momento così importante della loro vita.»

Non me lo ricordavo così ottimista. Una cosa così noiosa per me gli suscita pensieri positivi. Eppure c'è stato un tempo in cui l'insegnamento ai ragazzi mi appassionava non poco. Passavo intere nottate a pianificare gite culturali e trovare fondi per acquistare libri e rimpinguare la scarna e poco attraente biblioteca scolastica. Un anno mi sono inventata anche una caccia al tesoro per ripercorrere le tracce di Svevo e Joyce a Trieste.

«Diciamoci la verità, Lidia, quante volte ci è capitato di sognare la maturità nella nostra vita? A me almeno un centinaio.»

«Ah, a me mai!» rispondo guardando fuori dal finestrino.

«Ma dài, è impossibile. Tutti, prima o poi, sognano di rifare l'esame.»

«Sarà...»

Mi sto antipatica da sola, inizio a vedermi pure più brutta riflessa nel vetro.

«Abbiamo fatto bene a salircene per l'Ospedale Militare, tra due minuti siamo arrivati... mica è tardi?»

Francesco cambia discorso, meno male. Le mie risposte a monosillabi non devono essere molto accattivanti.
«Assolutamente no, anzi! Siamo addirittura in anticipo.»
Do un'occhiata all'orologio sul cruscotto e tiro un sospiro. Fra poco dovrò incollarmi in faccia il mio sorriso migliore. Qui con lui per fortuna posso farne a meno.
«Hai visto che guida sportiva? Sarà stato per tutte le volte che tuo padre mi faceva fare pratica. Il mio non poteva mai, sempre impegnato in guardiola, e Augusto non ci vedeva già bene» mi racconta Francesco mentre parcheggia vicino al cancello di Villa Vittoria.
«Veramente? Questa mi mancava.»
«Ti eri appena trasferita a Trieste, e prendemmo l'abitudine di vederci il sabato. Passavo a salutare papà, poi andavo da Felice in negozio, all'ora di chiusura. Mi faceva sempre fare i parcheggi e le partenze in salita, e poi andavamo a mangiare la pizza a libretto ai Tribunali.»
«Eh, papà! Avrebbe tanto voluto un figlio maschio...»
«Ma va'! Secondo me gli mancavi da morire. Parlava sempre di te, non ho mai visto nessuno più orgoglioso di sua figlia.»
«Mai quanto il tuo... io non è che abbia fatto chissà che.»
Non riesco a guardarlo negli occhi, forse perché i miei non sono felici come i suoi.
«Lidia, i genitori non ci amano mica per quello che riusciamo a diventare o per la professione che esercitiamo...»
«Mia madre sì! Altroché!»
Scoppiamo a ridere all'unisono. Sono quasi sul punto di proporgli di continuare a chiacchierare lontano da qui, sul lungomare di Mergellina. Compreremmo un cartoccio di taralli caldi sugna e pepe in uno di quei chioschetti che tanto fanno rabbrividire mia madre – "È tutta roba fetente, Lidiù!" – e berremmo a collo una birra gelata. Per poi tirare fino a tardi senza pensieri, davanti al mare.

Fuggire proprio adesso però non è un'idea fattibile, perché la Maserati grigia con la sposa sta varcando la soglia della villa.

«Oddio, la damigella non può arrivare per ultima. Devo scappare. Grazie, Francesco, sei stato un tesoro. Salutami tuo papà, ora vai da lui? Speriamo si sia liberato dalla signora De Luca. Ma è ancora così logorroica?»

Non mi risponde ma mi sorride.

Esco e mi sistemo l'abito, per fortuna non è sgualcito.

«Lidia?»

Mi volto, Francesco si sta sporgendo dal finestrino.

«Tu lo sai, vero, che la lavatrice della De Luca era una scusa, sì? Ti volevo accompagnare io.»

«E hai fatto proprio bene. Ciao France'!»

Mentre attraverso il parco della villa, per la prima volta da quando sono arrivata a Napoli, mi sento leggera. Cammino spedita, con un'aria fiera, non ho neppure paura di prendere una storta con i tacchi alti. L'ansia ha lasciato il posto a una specie di *friccicore* che avevo dimenticato.

6

Quando arrivo nello spiazzo dove si terrà la cerimonia, resto quasi senza fiato. Disposte a semicerchio, ci sono un centinaio di sedie in ferro battuto con gli schienali ricoperti di eucalipto e peonie bianche. Al centro troneggia un arco di rose ramificate che farà da cornice agli sposi e al celebrante.

Una piacevole brezza accarezza le foglie degli alberi che circondano il parco di Villa Vittoria, e l'atmosfera è più romantica e mistica di qualsiasi chiesa. Sono ammirata da tanta grazia.

«Lidia, *'a zia*! Dov'eri? Alice non può uscire se non ci sei tu. È appena arrivata e ti sta aspettando nella suite, vai vai...» mi investe zia Pucci.

«Mancano cinque minuti, zia, vado subito» la tranquillizzo, e mi avvio senza sapere minimamente dove si trovi questa famigerata suite.

Chiedo indicazioni al primo cameriere che incontro e raggiungo la meta.

Alice è seduta su un divanetto azzurro. Zio Gianni, elegantissimo, è accanto a lei e si sta sistemando il fiore all'occhiello. Quando Cice mi vede urla di gioia, il suo sorriso illumina tutta la stanza.

«Lidia, finalmente! Ma dov'eri finita? Pensavo di trovarti già qui!»

Non credo esista al mondo una sposa più bella. Alice si supera ogni volta, non c'è che dire. Porta un abito bianco corto dal tessuto rigido che si apre leggermente a palloncino, con un'incantevole scollatura quadrata. Nessun fiocco lezioso, pizzo o perline. I capelli sono raccolti in un morbido chignon decorato da una peonia bianca. Ai piedi indossa un paio di sandali, che esaltano le sue gambe snelle e toniche. Sono argentati, e donano all'outfit un tocco anticonformista, tipico della sua personalità.

«Fatti vedere... Sei fantastica, Lidia!»

«Io non c'entro» mi schermisco. «Il merito è di questo abito pazzesco che mi hai fatto fare.»

«Su, su, ragazze, è tardi! Avviamoci.» Mio zio è il più razionale dei tre, e non vede l'ora di uscire. Anche se, a ben guardare, ha gli occhi lucidi dall'emozione.

Alice mi mette un bouquet in mano che è la copia del suo, ma più piccolo, e mi spinge delicatamente in avanti. La guardo stranita, senza capire.

«Lidia, tu ci devi precedere. Le damigelle così si comportano.»

«Ma tu mi avevi detto che non avrei avuto incombenze e...»

«Andiamo, la strada da percorrere l'hai vista. Cammina piano e poi siediti vicino a zio Felice, in seconda fila. Zia Paola si è voluta sedere vicino a mamma.»

L'atteggiamento di mia madre mi conferma il suo egocentrismo; l'ha ripetuto almeno venti volte, prima di uscire di casa, che lei dietro non ci sarebbe stata.

Io, invece, indietro non posso proprio tirarmi, ormai sono in trappola. Respiro profondamente e poi stringo quel mazzo di fiori profumatissimi. Ho sempre amato le peonie.

«Lidia, mi raccomando, non tenerlo all'altezza dello sterno, le mani devono stare basse, vicino all'ombelico, ok? Che poi le foto vengono orride.»

Mi metto a ridere, Alice è sempre la solita.

L'*Hallelujah* nella versione più poetica che sia stata mai fatta, quella di Jeff Buckley, accompagna il nostro arrivo. Io sono fiera di me, interpreto perfettamente il mio ruolo, è come se nella vita non avessi fatto altro che la damigella d'onore.

Zio Gianni saluta lo sposo con una stretta di mano e gli affida sua figlia.

Inizia il rito civile officiato da un amico di Gregorio che fa l'assessore comunale. È molto simpatico, non si risparmia in battute ma allo stesso tempo riesce a dare solennità al momento. Poi tocca alle promesse. Gli sposi le pronunciano guardandosi negli occhi e tenendosi per mano.

Un bacio suggella lo scambio dei voti e dà il *la* alla cascata di bolle di sapone che tutti gli invitati soffiano divertiti ed entusiasti. Quella che immaginavo potesse essere una smargiassata è, in realtà, una festa perfetta, in cui la minuziosità dei particolari riesce solo a esaltare, senza offuscare neppure un po', l'amore reciproco che provano Alice e Gregorio. La cosa che risalta agli occhi, anche a una disincantata come me, è quanto siano amati dai loro amici. L'affetto che circola stasera in questo parco è incredibile, palpabile. Per me, invece, è assordante. Perché non sono abituata alle effusioni e alle dimostrazioni plateali. Mi sento un'estranea. E mi viene da pensare che al mio fantomatico matrimonio non mancheranno solo le damigelle. Io, un'atmosfera così felice, non me la posso neppure lontanamente sognare.

Dopo gli abbracci e le foto scattate con gli smartphone e i video pubblicati in tempo reale sui social, una musica jazz suonata magistralmente dal vivo accompagna gli ospiti al grande gazebo allestito per l'aperitivo, prima della cena placée.

Al suo interno c'è un lungo tavolo illuminato da candele e protetto da tendaggi di lino leggerissimo. Nella luce del tramonto l'effetto è così etereo e naturale che, anche in questo caso, non si direbbe studiato nei minimi particolari. Nessuno mi toglie dalla testa la convinzione che mia cugina dovrebbe seriamente pensare di fare l'organizzatrice di matrimoni.

Sui vassoi c'è un trionfo di frutti di mare, cotti e crudi, che potrebbe far parte dell'offerta di un ristorante stellato. Un tavolo più piccolo è adornato con una rete da pesca a cui sono attaccati dei ricci di mare e delle conchiglie bianche. È l'angolo dell'*ostricaro*, che apre sul momento ostriche di almeno quattro varietà diverse, accompagnate dallo champagne servito da un sommelier. Quanto sfarzo, io a Trieste sono abituata al prosecco.

«Tu ancora single, eh? Dimmi un po', ma non ti pesa 'sta cosa?»

Me lo chiede così, a bruciapelo, tra uno spiedino di gamberi in pasta fillo e una polpettina di tonno che un cameriere gentile mi ha offerto su un piattino di porcellana bordato d'oro.

«Non più di questo gamberetto, Danilo» gli rispondo dopo aver buttato giù una lunga sorsata di Falanghina. «Che ha più o meno il peso specifico della tua sensibilità!»

Speravo che l'orrido Danilo non mi avesse visto. È il cugino di Alice, il figlio del fratello di zia Pucci. È nato e ha sempre vissuto a Vico Equense, e per fortuna durante l'anno ci vedevamo solo per le feste comandate. Il supplizio iniziava d'estate, quando Alice, Danilo e io frequentavamo i campi estivi a Castel di Sangro. Segretamente – ma poi neanche tanto – innamorato della cugina, sperava di fare colpo su di lei mettendo in croce il terzo incomodo, cioè me.

Danilo era ed è tuttora uno *sfasolato*. Ripetente a scuola, viziato dai genitori, entrambi imprenditori nel settore della ristorazione, molto conosciuti in tutta la costiera sorrentina. Ogni volta che veniva fermato a un posto di blocco con il motorino, che guidava impunemente senza casco, lui consegnava il documento d'identità sogghignando. Quando gli agenti della polizia municipale leggevano il cognome, quasi si scusavano di averlo disturbato per una tale quisquilia.

So che ora gestisce un bed and breakfast che gli hanno comprato i suoi, e che qualche tempo fa è stato coinvolto in una brutta faccenda di droga. Immagino che non abbia avuto conseguenze, grazie alle telefonate dei genitori.

La sua espressione da ebete, ma soprattutto il terzo bicchiere di vino che mi sta riempiendo il cameriere che mi guarda insistentemente nella scollatura, mi spingono a continuare.

«Non sono tenuta a informarti sulle mie cose personali, ma si dà il caso che single io non lo sia da un pezzo. Mi sorprende che, nonostante tu passi il tempo a farti gli affari degli altri, sia poco aggiornato.»

«Lidia, sicura non si tratti di uno dei tuoi fidanzati immaginari? Di quelli che ti inventavi quando avevamo quattordici anni e nessuno ti si filava?» risponde masticando con la bocca aperta. È disgustoso.

«Forse ti stai confondendo con i tuoi esami immaginari che dicevi di aver dato all'università... e poi, il giorno prima della finta seduta di laurea, hai confessato che non ne avevi sostenuto neppure uno.»

Mi guarda atterrito, evidentemente non si aspettava la mia reazione. Che, sinceramente, ha sorpreso anche me. Mai sottovalutare la fiducia che può infondere un abito stupendo e il *friccicore* provato dopo aver salutato Francesco.

«Comunque mi addolora sapere che non sei più ossessionato da me, addirittura non sapere che l'anno prossimo mi sposo io!»

Non so come mi è uscita questa balla, ma l'ultimo colpo finale a un simile bifolco di questa portata non potevo non infliggerlo.

Ingollo l'ennesimo sorso di vino e mi accorgo che vicino a noi ci sono mia zia e mia madre, la cui faccia inizia a farsi paonazza.

Zia Pucci ovviamente ha origliato tutto ma, prima che possa chiederle spiegazioni, mia madre la fulmina con lo sguardo. Zia capisce e fa un sorriso di circostanza, con tutta la soddisfazione di chi ormai si considera fuori dal giro delle mamme delle zitelle.

Ennesimo scacco per la mia, di mamma, che non solo ha sempre pensato di aver sposato il fratello sbagliato, Felice il bottegaio e non Giovanni il medico, ma subisce anche la sudditanza psicologica di sua cognata, dovuta al numero di proprietà che possiede tra il Vomero e corso Vittorio Emanuele.

Ogni anno, in concomitanza della scadenza del pagamento dell'IMU mia zia chiama mia madre con voce assai seccata, elencandole tutti i "disagi" che derivano dall'avere una grande quantità di appartamenti e negozi. Il primo è, ovviamente, il versamento delle imposte che, nel suo caso, corrispondono a un numero a cinque cifre.

Mia madre fa finta di consolarla, ripetendole puntualmente che, in realtà, c'è molto di peggio nella vita.

La verità, però, è che mamma di questa cosa ci soffre, per due giorni sta nervosa e, anche se poi dice che le è passata *'a nevratura*, secondo me quella spina immobiliare resta dov'è.

Zia Pucci si è sempre sentita superiore a noi.

"Mio cugino era un principe" è una delle frasi che impiega più spesso. Ogni volta che la infila in una conversazione, mio padre e io ci scambiamo occhiate complici e risate soffocate.

Quanto ci abbia unito, me e papà, la cugina del principe, nessuno lo sa.

Zia Pucci non ha mai lavorato e la sua unica attività è riscuotere le pigioni dei suoi appartamenti. Che, a suo dire, è un impegno a dir poco usurante.

Mio zio, al contrario, viene da una famiglia modesta, si è fatto da solo e ha sempre lavorato sodo.

È un brav'uomo, gode ancora della stima dei suoi ex colleghi di ospedale e dei suoi pazienti, pur essendo andato in pensione prematuramente in seguito a un infortunio. Durante un intervento la sua assistente gli passò di fretta un bisturi e lui si ferì gravemente alla mano, recidendosi un tendine. Da quel momento non fu più in grado di operare con la precisione e la fermezza che lo caratterizzavano e lo avevano reso così noto nel campo della microchirurgia dell'orecchio.

La beffa più grande è stata per zia Pucci, che avrebbe voluto un consorte primario, forse per sostituire la frase del principe con "mio marito è professore".

Dei soldi, a mio zio, non gliene è mai importato nulla. Per lui fare l'otorino è sempre stato una missione e, nonostante tutte le proprietà della moglie, la casa dove vivono l'ha comprata con i sacrifici della sua professione.

Alice, invece, credo che benefici parecchio delle rendite della madre. Si è laureata in Storia dell'arte ma non ha mai lavorato. D'altronde, tra i matrimoni e i divorzi, credo non ne avrebbe neppure avuto il tempo.

Come sua madre, ha tratto immensa soddisfazione dall'aver sposato un medico. Anzi, tre. Del resto, quando eravamo piccole e giocavamo con le Barbie, il suo Ken faceva sempre il dottore. Il camice bianco batteva pure la corona di un re.

Dopo Marco l'oncologo e Alessandro l'oculista, oggi è la volta di Gregorio il neurochirurgo. Si sono conosciuti sulle piste da sci, lei è caduta dallo skilift e con la racchetta si è ferita la guancia. Dietro c'era lui, che si è sganciato immediatamente ed è andato a soccorrerla.

Non credo sia un caso, l'amore di mia cugina per i medici. I più perfidi hanno sempre pensato che lei avesse il complesso di Elettra, ma la verità è che è sempre stata ipocondriaca e avere accanto un medico le dava conforto. I suoi due ex mariti, però, mal tolleravano le sue ossessioni, che hanno sempre cercato di domare con placebo spacciati per farmaci rari e miracolosi. Peccato fossero accompagnati da sospiri insofferenti e occhi al cielo. Lei si indispettiva, "sono come la moglie del ciabattino che ha le scarpe rotte" diceva, quando veniva presa per malata immaginaria.

Alice e i suoi primi due mariti hanno chiesto sempre di comune accordo la separazione, dopo anni di tavole immacolate e argenteria, congressi in giro per il mondo, una vita sociale invidiabile, opulenti eventi di raccolta fondi per gli ospedali – il tutto opportunamente documentato sui social. Non c'erano mai avvisaglie, gli annunci erano dei fulmini a ciel sereno. L'ultima volta, lei e l'oculista hanno deciso di divorziare dopo un Capodanno passato alle Maldive.

Tutta quella freddezza mi ha sempre messo una mestizia indicibile. Se ci penso bene, la mia storia con Pietro, con tutti i suoi difetti, non mi sembra più così male.

7

Il mio piatto vuoto viene riempito all'istante dai solerti camerieri, senza che debba neppure chiedere. Danilo è scomparso, è andato via come quei topi che, una volta sazi di spazzatura, scivolano nelle fogne attraverso i tombini luridi. Mi sento sollevata, cosa potrà mai succedermi di più spiacevole? Niente. Spero che la cena duri il minimo sindacale, aspetterò il taglio della torta e – ovviamente – il lancio del bouquet e poi chiamerò un taxi e me ne andrò a casa.

Improvvisamente la musica si interrompe. Sarà una sorpresa degli amici degli sposi, o il classico discorso dei testimoni, magari accompagnato da qualche filmino imbarazzante che ripercorre la vita di Alice e Gregorio, dalla nascita fino a oggi. Bevo un altro sorso di vino e chiudo un attimo gli occhi per prepararmi psicologicamente.

«Un medico! Abbiamo bisogno di un medico. Gianni, dov'è Gianni?»

Mi volto e vedo mio zio correre verso un capannello di gente. Spero che nessuno sia scivolato su qualche pezzo di cibo finito per terra e si sia fatto male.

«O mio dio, Felice! Felice, rispondi! Chiamate il 118!» grida mia madre disperata.

Il nome di papà mi rimbomba nella testa fin quasi a farmela scoppiare. Mollo tutto quello che ho in mano e corro da lui. È a terra, ha la mano destra sul petto, gli occhi sbarrati e la bocca spalancata. È bianco come un cencio, zuppo di sudore e respira affannosamente. Ha una ferita sulla tempia, nella caduta deve aver battuto la testa.

Mamma è china su di lui, Gregorio la prende delicatamente per un braccio e le dice che è meglio che resti un po' a distanza. Papà adesso è immobile e deve aver perso i sensi. Sembra addirittura che non respiri più.

Zio Gianni gli si accuccia di fianco, gli sente il polso con le dita e gli avvicina l'orecchio alle labbra semi aperte. Conta ad alta voce: uno, due, tre... al dieci grida: «È un arresto cardiaco! Prendete un DEA, subito!».

Ce li abbiamo anche a scuola i DEA, quei defibrillatori che pensi non ti serviranno mai.

La testa inizia a girarmi e per qualche secondo la vista si annebbia. Mamma si aggrappa al mio braccio e l'ultima cosa che posso fare, adesso, è crollare.

Lo zio strappa i bottoni della camicia di papà e inizia a praticargli un massaggio cardiaco. Gregorio è accanto a lui, si alternano in ginocchio, sul pavimento, con le braccia tese.

Per fortuna uno degli addetti della villa si precipita con il defibrillatore e lo consegna a mio zio, che inizia subito ad armeggiarci. In pochi secondi lui e Gregorio attaccano le piastre, poi lo zio urla: «Allontanatevi tutti!».

La folla fa un passo indietro, come un'onda che si ritrae sulla battigia.

All'improvviso mio zio esclama: «Scarica!».

Ho visto questa scena solo nei film, dove però durante le manovre di rianimazione sono tutti agitati. Qui invece, nella vita vera, stiamo in silenzio, abbiamo paura di compromettere le azioni di zio Gianni e Gregorio che ripetono l'operazione quasi meccanicamente due, forse tre volte.

Quando si fermano per controllare non so cosa sul defibrillatore, sono paonazzi e sudatissimi. Gregorio accenna un sorriso, mio zio tira un sospiro di sollievo. Il ritmo cardiaco sembra tornato quasi normale.

«Respira e il polso, anche se flebile, c'è» Gregorio si rivolge a me e a mamma.

Neanche il tempo di abbracciarci che sentiamo la sirena dell'ambulanza, seguita dall'automedica. Il rumore è fortissimo e la maggior parte degli invitati si copre le orecchie con le mani.

«Fateli passare, per favore. Scostatevi!» sbraita mia madre per lasciare spazio ai soccorritori.

«Ottimo lavoro, colleghi. Gli avete salvato la vita, lo stabilizziamo e poi andiamo subito al Fatebenefratelli» dicono i medici a mio zio e a Gregorio, mentre collegano papà a una serie di cavi e tubicini. Gli posano una maschera sulla faccia e lo caricano su una barella. Ha gli occhi chiusi, la bocca è ancora semiaperta. Il suo volto è diventato grigio.

«Paola, non ti preoccupare, il cuore ha ricominciato a battere. Io vado con l'ambulanza. Vi tengo aggiornate. Lidia, mi raccomando, stai tranquilla.» Mio zio ha anche il tempo di fare una carezza sul viso bagnato di mia madre. È pallidissima e, dopo le urla, sembra assente. Il padre di Danilo le avvicina una poltroncina e lei si siede lentamente, appoggiandosi ai braccioli.

«Gianni, ma dove vai?»

«Pucci, ma dove vuoi che vada? Io a mio fratello non lo lascio.»

Alice assiste alla scena, ha gli occhi tristi per il comportamento della madre. Gregorio la abbraccia e le dice di non preoccuparsi, che si risolverà tutto. Lui ha dei colleghi al Fatebenefratelli, li ha già chiamati e due di loro sono di turno. Forse, questa volta, mia cugina ha sposato il medico giusto.

«Gianni, per favore, non puoi andare via proprio tu.»
Zia Pucci adesso quasi lo implora.

Non so se sia più triste per il malore di suo cognato o per il matrimonio rovinato. Anzi, forse lo so.

Lo zio non le risponde neanche, la trafigge con uno sguardo pieno di delusione. Poi si volta verso di me e mi sussurra: «Stai vicino a tua madre».

Vorrei correre ad abbracciarla, ma non riesco a muovermi, le gambe mi tengono inchiodata al pavimento. Sento freddo. Mio padre ha avuto un infarto e io non capisco più niente.

8

L'orchestra intona *Smoke Gets in Your Eyes*, la riconosco al primo accordo. Mi volto per cercarlo ed è proprio dietro di me. Ha la cravatta un po' allentata e due coppe di champagne in mano.

«Non vorrai mica perderti i Platters? Beviamo dopo, andiamo» gli dico sapendo che non aspettava altro. È sempre stato bravo a ballare, da giovane era l'anima delle feste.

«Va bene, andiamo» mi risponde.

Mi porta al centro della sala e mi porge la mano. Ci guardano tutti, noi contraccambiamo con un sorriso.

Mentre muoviamo i primi passi, il cantante stona una nota, poi due. Gli strumenti sembrano scordati, emettono fischi e acuti fastidiosissimi che mi bucano i timpani. Il mio viso si contrae in una smorfia, vorrei tapparmi le orecchie ma lui non mi lascia la mano, continua a ballare.

«Papà, basta, usciamo. Questa musica è insopportabile.»

Lui non dice niente, sembra sordo. Il pavimento inizia a tremare, la sala improvvisamente si svuota.

«Dobbiamo uscire, non possiamo restare qui. Papà, ti prego!»

Sotto i nostri piedi si apre una crepa, io non riesco ad aggrapparmi da nessuna parte. Lui mi lascia la mano e viene inghiottito dal terreno.

«Papà!» urlo con tutta la voce che ho.

«Lidia, svegliati! Lidia!»

Apro gli occhi, ho il viso bagnato di lacrime. Il cuore mi batte all'impazzata e sento la bocca impastata. Sono rannicchiata sul divano di casa, ho addosso ancora il vestito del matrimonio di Alice. È tutto sgualcito, come la mia schiena dolorante per aver dormito storta.

«Dove sta papà?» chiedo agitata. Una parte di me spera ingenuamente che quello da cui mi sono appena svegliata sia l'unico incubo che ho avuto. Purtroppo non è così, il ricordo di quello che è successo ieri è nitido e mi passa davanti come la sequenza di un bruttissimo film.

Non faccio in tempo ad ascoltare la replica di mia madre perché una nausea improvvisa mi pervade e corro in bagno a vomitare.

«Tutto bene? Lidia, per cortesia, non mi fare preoccupare pure tu!»

Mia madre, nella sua vita, una cosa ha sempre voluto: stare tranquilla.

«Sì, sì. Sto bene. Ho bisogno di un caffè, ho la testa che mi scoppia.»

«È appena fatto, stavo in cucina e ho sentito che gridavi nel sonno.»

«Proviamo a ritornare in ospedale?» le dico dopo essermi sciacquata la bocca.

«Ora è inutile, ci rimbalzerebbero come hanno fatto stanotte. Sto aspettando la telefonata di zio Gianni. Mi ha mandato un messaggio prima, ha detto che papà sta molto meglio e che lo tengono in rianimazione solo per precauzione.»

«Meno male, mamma. Meno male.»

Apro la porta del bagno e me la trovo davanti. Ha gli occhi gonfi ed è pallidissima.

«Fatti una doccia, così se ci chiama siamo pronte per andare a trovarlo. Ci vorrà almeno mezz'ora da qui.»

Vago per casa come uno zombie, cercando il telefono. Nel mio meraviglioso abito da sera sembro la Sposa Cadavere.

«Vedi sul divano, ti sei addormentata con quel coso in mano» urla mia madre dalla cucina. Sta sfregando il piano cottura con la spugna e la Calinda. Credo sia rimasta l'unica a usare quel detersivo.

Finalmente trovo il cellulare tra due cuscini. Ci sono più di venti chiamate perse. Sono quasi tutte di Alice, ce n'è una di Pietro e due di un numero che non conosco. Sarà sicuramente l'ospedale, che stupida che sono ad aver lasciato la vibrazione.

Richiamo subito con il cuore che scoppia, al secondo squillo risponde una voce vagamente familiare che però non riesco a riconoscere.

«Lidia, sono io.»

«Scusi, chi parla?»

«Sono Francesco, mi sono fatto dare il tuo numero da mio padre. Ce l'ha tra quelli da contattare se succede qualcosa ai tuoi.»

Resto in silenzio. Non pensavo che i miei genitori avessero una lista di numeri di emergenza.

«Mi hanno detto di Felice, volevo sapere come essere utile.»

Mi viene di nuovo da piangere. Gli occhi mi bruciano come se ci fosse entrata una secchiata di acqua salatissima. Non riesco a trattenere i singhiozzi.

Mi sforzo e riesco a dire: «Grazie, Francesco, papà sta meglio. Tra poco andiamo da lui, aspettiamo che esca dalla rianimazione. È stato solo un brutto spavento».

«Questa è una bella notizia. Il mio numero ora ce l'hai. Mi prometti che, per qualsiasi cosa, mi chiami? Non ci metto niente a venire.»

Lo ringrazio di nuovo, lo saluto e mi asciugo le lacrime con il palmo della mano appena vedo entrare mia madre con la tazzina di caffè in mano e una crostatina al cioccolato. Sono quelle di papà, la mattina le mangia sempre fuori sul balcone e poi aspetta gli uccellini che puntuali si cibano delle briciole.

«Ti ha chiamato zio?» le chiedo schiarendomi la voce.

«Non ancora, ma cerchiamo di non preoccuparci. Anche perché fino a quando non lo spostano in reparto non ci fanno entrare. Diamo solo fastidio.»

«Mamma, io vado lo stesso. Preferisco stare in sala d'attesa che a casa, qui mi sento morire. Anzi, mi porto la borsa con le sue cose, così quando me lo fanno vedere lo aiuto a cambiarsi e a sistemarsi. Non ce la faccio a saperlo lì, da solo. Per favore, mi dici dove stanno biancheria e pigiami?»

«Tieni la capa tosta tu, eh? Pure Gianni ha detto che è inutile.»

«Non mi interessa, abbi pazienza. Tu puoi anche non venire.»

Vado in bagno e mi butto sotto la doccia. Mi strofino la faccia con la stessa forza che mia madre prima metteva nel pulire la cucina. Ho ancora il trucco colato, è difficile lavare via le tracce del dolore.

In dieci minuti sono vestita.

«Prendo un taxi, ti chiamo da lì, ok?» la avverto.

«Ma dove vai, Lidia, vengo pure io!»

Mentre scendiamo le scale, a ogni piano si apre una porta ed esce qualcuno che ci saluta e chiede notizie. La signora De Luca ha pronto un rosario che mi infila in borsa. «*Piccerè*, tieni. È benedetto da Padre Pio!», poi si bacia la mano e me la passa sul viso. La ringrazio e riesco a restituirle un sorriso anche se mi viene da piangere a ogni gradino. Mi faccio forza con il pensiero che tra poco ritornerò a casa con papà.

Nell'androne c'è Angelo. Appena ci vede chiude la porta a vetri della guardiola e prende le chiavi della macchina.

«Vi accompagno io» ci dice, intuendo dove siamo dirette.

Ha il viso buono, gli occhi lucidi. Lo abbraccio e dico grazie anche a lui. È la parola che ho detto di più da quando sono sveglia.

«Non ti preoccupare, il taxi è già arrivato. E poi dal Fatebenefratelli ci metti una vita a riscendere» gli risponde mia madre.

Lui si asciuga una lacrima, si soffia il naso e rimette le chiavi in tasca.

Ci infiliamo dentro il taxi e chiediamo di salire per i Quartieri, così da fare prima.

«Avviso zio Gianni che stiamo per arrivare.» Mamma compone il numero, ma dall'altra parte non risponde nessuno. Allo scattare della segreteria attacca sconsolata e poi riprova non so quante volte.

«Starà parlando con i dottori, oppure si starà riposando. Mamma, non insistere.»

Lei sospira e rimette il telefono in borsa. In quell'esatto momento mi chiama Alice.

«Lidia, finalmente. Come state? E zia? Povera, starà a pezzi.»

«E come dobbiamo stare? Finché papà sarà in rianimazione, non lo possono vedere nemmeno i parenti. Adesso stiamo andando lo stesso, da qualche parte ci metteremo. Tuo padre ha mandato un messaggio a mamma e ha detto che la situazione non è critica.»

«Sì, lo ha detto anche a me. Meno male, così partiamo sereni. Tra un'ora abbiamo la coincidenza per Dubai e poi andiamo a Mauritius. Ma tu chiamami, eh?»

«Alice, scusami. Perché ti dovrei telefonare se stai in aereo?»

«Sono quattro ore di volo, appena atterro accendo subito il cellulare. Se trovo la tua telefonata, ti richiamo.»

«Stai tranquilla e pensa alla tua luna di miele. Qui stiamo in una botte di ferro.»

«Lidia?» continua lei. «Andrà tutto bene.»

«Lo so» e mentre rispondo sento un vuoto nello stomaco.

Un secondo dopo aver lasciato cadere il telefono in borsa, mi arriva un messaggio. È Pietro.

"Che fine hai fatto? Mica hai preso il bouquet, vero?"

Il testo è accompagnato da delle emoticon che mi fanno venire voglia di chiamarlo e urlargli quanto è coglione.

"Non ho fatto in tempo, mio padre si è sentito male e ora mamma e io stiamo andando in ospedale."

Appena visualizza mi chiama.

«Lidia, ma porca miseria! Che è successo?» Sembra arrabbiato. Fa sempre così quando qualcuno vicino a lui non sta bene. Quando mi sono rotta il malleolo cadendo dalle scale sembrava si fosse fatto male lui.

«Ha avuto un infarto nel bel mezzo del matrimonio» gli dico senza girarci intorno.

«Buongiorno onorevole, che piacere...»

Sento caos in sottofondo, qualcuno lo sta chiamando.

«Pietro, ma dove sei?»

«Al convegno, sta iniziando ora. Ma non importa, voglio sapere come stai.»

«Io bene, è papà che ha bisogno di me. Ovviamente non torno domani.»

«Ti sposto il treno? Quando vieni?»

«Appena papà starà meglio. Quindi spero molto presto, sembra si sia ripreso, ringraziando il cielo.» Mentre parlo istintivamente tocco il rosario di Padre Pio.

«Meno male. Chiamami per favore. Io mollo tutto e ti rispondo.»

«Grazie, Pietro. Ora vai. E fai cose buone.»

«Ah, lo spero. L'assessore non è venuto. 'Sti stronzi, annullano all'ultimo minuto.»

Non ce la faccio ad ascoltare le sue lamentele, in questo momento nella mia testa c'è spazio solo per papà. Chiudo in fretta, comunque rasserenata di averlo avvisato. So che, nonostante tutto, Pietro c'è. Con i suoi modi e i suoi tempi, ma è presente.

Mamma e io arriviamo in ospedale, prendiamo il borsone e ci avviamo verso l'accettazione.

Mia zia Pucci è seduta in sala d'aspetto, accanto a una bella signora dai capelli rossi e con grandi occhiali da sole che legge il giornale. Appena ci vede, la zia si alza e va subito ad abbracciare mia madre.

«Paole', hai fatto bene a venire. Non ti preoccupare, Felice si è ripreso. Ora scende Gianni, sta parlando con il cardiologo. Per fortuna lo conosce e mi ha detto che Felice è in ottime mani.»

Mia madre mi guarda, e mi basta quell'occhiata per capire che mi ringrazia di aver insistito per venire in ospedale.

«Volete un caffè?» ci propone la zia mentre sposta la borsa per farci accomodare.

«Vado io, che prendete?» mi offro in uno slancio di vitalità.

«Portaci due cappuccini, grazie Lidiù.»

Zia Pucci ha un brutto carattere, però un pregio ce l'ha: è una donna pratica, razionale, sa mettere le cose in fila anche se sono sgangherate. Ti riporta con i piedi per terra e finisce col farti stare meglio. Vicino a lei infatti mia madre ha ripreso colore, i tratti del viso si sono distesi.

I cappuccini sono provvidenziali, è meglio che mi allontani e le lasci sole. Credo che zia Pucci sia molto affezionata a quella cognata perennemente insoddisfatta e a (molti) tratti scontrosa. Forse perché è innocua: chi è vittima di se stesso non può fare male a nessuno.

Se papà è in ottime mani con suo fratello, mamma lo è con mia zia, penso mentre mi avvio verso il bar dell'ospedale.

Io, invece, non sono mai stata così sola in vita mia. La mia presenza qui è inutile, che ci sia o meno cambia poco, anzi sono un elemento di disturbo. Il mio arrivo a Napoli ha turbato un equilibrio, seppur precario.

Mamma e papà sono come quelle case che da piccola creavo con i bastoncini di legno. Stavano su per miracolo, ma comunque resistevano. Io sono il pezzo che, quando lo aggiungi alla costruzione, la fa crollare, svelando tutta la sua debolezza. Da quando sono arrivata, non ho visto nemmeno un gesto di gentilezza fra loro.

Alla cassa del bar c'è una fila disordinata, un uomo sta facendo preparare una ventina di caffè e altrettante brioche da portare in Ostetricia. È felice e tronfio. A chi gli chiede se sia maschio o femmina lui risponde: «È maschio, è tale e quale a me! L'ho visto uscire, l'ho preso io dalle mani della ginecologa e l'ho portato in Neonatologia! Ho assistito io a tutte le visite!».

Mi fa tenerezza, anche se poi penso alla neomamma che non solo ha dovuto fare uno sforzo disumano a sgravare, ma poi si sente pure dire che chi ha fatto di più, alla fine, è stato il padre. Le persone lo guardano ammirate, come se avesse davvero partorito lui. Solo io sento puzza di maschilismo? Spero che quest'uomo non si aspetti che la compagna gli faccia pure un regalo per averle donato il seme e aver accudito il figlio appena nato.

Un attimo dopo ho vergogna dei miei pensieri, perché sono lugubri e vedo del marcio pure in una situazione bella.

«Che prendete, signora? Offro io.» Il neopapà si rivolge a me.

«Niente, grazie, non vi preoccupate.»

«Ma che dite? Niente mi può far preoccupare, da quando è nato Diego!»

«Se insistete, tre cappuccini, grazie.»

Mi sento ancora peggio dopo aver ricevuto una gentilezza da questo poveretto che ho etichettato come uno zotico.

«Uno lo bevo qui e due, per favore, me li prepara tra due minuti, che sono da portare via?» chiedo alla barista. Ha le unghie lunghe con dei brillantini a forma di fiore che fa ticchettare sul bancone. Mi verrebbe voglia di staccargliele, il rumore mi manda al manicomio.

Sono tutti contenti qui dentro, l'anima nera sono io. Do un primo sorso al cappuccino che sulla superficie ha un cuore disegnato a regola d'arte con il cacao.

«Ma è dolce?!» protesto, quasi trattenendo un conato di vomito.

«Signuri', non me l'avete detto che lo volevate amaro! Ve lo rifaccio, datemi qua.»

Avevo dimenticato che a Napoli il caffè zuccherato è la regola. Forse perché l'amarezza fa tristezza e mette paura. Per questo non è contemplata. La dolcezza è di *default*, offerta sempre e a prescindere.

«No, no, vado di fretta, non fa niente, grazie lo stesso.»

Lascio sul bancone la tazza ancora fumante e con quel cuore stilizzato spezzato a metà.

Quella cosa che le tragedie rendono migliori è solo una fandonia: rendono migliore chi è già buono. Altrimenti diventano la scusa per comportarsi in maniera terribile.

Prendo i due bicchieri di carta con i cappuccini per mamma e zia e mi avvio in sala d'aspetto.

Ma lì non le vedo, le sedie sono tutte vuote. C'è solo il giornale che stava leggendo la signora seduta accanto a loro che giace per terra tutto stropicciato. Lo raccolgo, mi siedo e le aspetto con i bicchieri in mano. I minuti passano, ho i nervi a fior di pelle. Provo a chiamarle al telefono ma non mi rispondono. Neanche la creanza di avvisarmi hanno avuto, saranno sicuramente andate a comprarsi una rivista o chissà cosa, lasciandomi qui come una cretina.

Finalmente vedo comparire mio zio Gianni. Ha l'aria stanca, si vede che non ha chiuso occhio.

«Lidia, è meglio che vieni su.»

«Zio, che c'è? Mamma dov'è?»

«Saliamo, vieni.» Cambia espressione, cerca di trattenere una smorfia di dolore.

«È successo qualcosa a papà? Non è uscito dalla rianimazione? Si è aggravato? Ma non stava meglio?» Gli faccio mille domande, io non sono brava a mettere in fila le cose.

Lui tace. A me si accende una luce nel cervello. Un pensiero che non mi piace e che mi buca il cuore. Mi muovo scomposta, urto il tavolino, i cappuccini finiscono per terra formando un lago marrone.

«Dov'è?» gli dico mentre le lacrime iniziano a gonfiarmi gli occhi. «Zio, dove sta?»

«Terzo piano.»

Inizio a correre cercando le scale, le trovo e faccio i gradini due alla volta. Incespico, ma la paura che ho in corpo mi fa da motore.

Salgo l'ultima rampa ancora più velocemente, come se avessi alle calcagna dei cani rabbiosi che mi vogliono azzannare.

Quando arrivo sono senza fiato. Eccole lì, mamma e zia, abbracciate. Sono vicine a due medici che hanno lo sguardo basso e stanno in silenzio.

Devo andare da loro, chiedere di vedere mio padre, perché lui deve sapere che non sono partita subito dopo il matrimonio. Mi aveva chiesto di allungare la mia permanenza, ma io gli avevo detto che avevo da fare a Trieste.

E invece io ci sono, sto qua. Ci aspettano le nostre *chiacchiere 'e cafè* e andremo in bottega a vedere il quadro che aveva finito. Aspettava un mio consiglio per il colore del cielo, lui voleva metterci una punta di viola, ma non era convinto. Da quel particolare, a detta sua, dipendeva la bellezza del dipinto.

"Più tardi" gli ho risposto quando mi ha chiesto nuovamente di passare in negozio, subito di ritorno dal sarto. Poi, però, dopo cena mi sono addormentata sul divano.

"Facciamo domani" gli ho detto ieri mattina, quando voleva prepararmi il suo caffè e io invece sono andata da quella maledetta estetista.

Lui c'è rimasto male, non voleva darlo a vedere, ma io l'ho capito. L'ho intuito dal suo sguardo, che si è velato per un secondo.

Mi odio per essere stata così superficiale.

Non mi domanda mai niente, papà, e l'unica sua richiesta l'ho ignorata.

Una volta usciti da questo schifo di ospedale, non solo mi mostrerà il quadro, ma non rimanderemo mai più nulla.

Mamma e zia mi vedono e mi vengono incontro con le braccia aperte. Mi tengono stretta, come se una rete avesse intrappolato un pesce che non riuscirà più a liberarsi.

«Papà dove sta? Per favore, rispondetemi. Dove sta? Lo voglio vedere.»

«Lidia, papà non c'è più.»

9

La chiesa è gremita, ma me ne accorgo solo quando mi volto per uscire, a funzione finita. Appena abbiamo varcato la soglia, mamma ha stretto la mia mano e non l'ha più lasciata. Ci siamo sedute sulla panca in prima fila e siamo rimaste abbracciate dall'inizio alla fine. Non mi è mai sembrata così piccola e minuta, indifesa. Per lei papà era un punto fermo, si occupava delle cose di casa, del lavoro e la sollevava da ogni incombenza pratica. Non credo abbia mai pagato una bolletta alla Posta in vita sua, né abbia ricevuto una raccomandata a suo nome.

Lei lo ripagava facendogli trovare pranzo e cena pronti e caldi, ma l'amore, quello vero, non lo so se glielo abbia mai dimostrato. Anzi, ogni occasione era buona per non dargli soddisfazione. Non la intenerivano neppure i quadri che le dipingeva fino a qualche anno fa.

"È nato con il pennello in mano" gli hanno sempre detto tutti quelli che vedevano i suoi dipinti.

"Felice, siete come Maradona!" gli ripeteva Nanà, il suo fedelissimo factotum al negozio. "Perché non avete bisogno di allenarvi, vi viene naturale. A voi pittare e a lui fare gol da centrocampo."

Poteva dipingerle il cielo, ma lei trovava sempre qualcosa da dire. Negli ultimi tempi, invece, neanche quello. Si limitava a fare spallucce.

Non che siano mai andati d'amore e d'accordo, credo di non essere mai stata testimone di slanci passionali, ma, chissà perché, ho sempre pensato che con il mio trasferimento a Trieste si sarebbero riavvicinati. Forse inconsciamente ho scelto di andarmene così lontano proprio per questo. Perché in una casa senza amore si muore un poco alla volta.

Ho voluto iniziare daccapo, volevo una pagina bianca da riempire a modo mio, dove parole come astio, disistima e rassegnazione fossero vietate.

Solo di una cosa non potevo privarmi: del mare. È sempre stata la mia medicina, mi basta sentire il suo odore e guardare le onde che si infrangono sulla battigia che il magone si attenua. Il mare è capace di cancellare la malinconia come fa con le scritte sulla sabbia. Il motivo per cui ho scelto Trieste è stato questo, perché davanti al mare le città si assomigliano un po' tutte. Volevo allontanarmi dal dolore, ma non da Napoli. E io, questa cosa, non l'ho mai detta a nessuno.

Purtroppo però la leggenda per cui, quando il nido resta vuoto, i genitori si vogliono più bene non corrisponde alla realtà. Oppure vale per gli altri e non per Felice e Paola Gambardella.

Papà odiava lamentarsi o anche solo raccontarmi di una baruffa con mamma. L'abitudine a rifuggire le cose brutte o tristi faceva parte del suo carattere. Era un entusiasta e, qualsiasi evento gli capitasse, lo vedeva come un'opportunità.

"Lidiù, ogni impedimento è giovamento" mi ricordava quando qualcosa andava storto e per me questa "presa con filosofia" ha sempre rappresentato un conforto. Negli ultimi tempi però questo suo modo di fare invece di rasserenarmi mi faceva infuriare, perché trasudava passività.

Com'è possibile essere immuni alle delusioni? Come si

può, se una porta si chiude, essere soddisfatti lo stesso e magari pensare di aver scampato un pericolo? Che senso ha, allora, sbattersi per raggiungere non dico un sogno, ma almeno realizzare un progetto, se l'atteggiamento è "comunque vada sarà un successo?".

Non ho mai trovato il modo di dirglielo, nel timore di ferirlo. E adesso che non c'è più non so se ho fatto bene oppure no, se avrei dovuto affrontare l'argomento, se avrei potuto spronarlo e, in qualche modo, aiutarlo a essere più realista. Forse mamma lo avrebbe apprezzato di più.

Lei infatti glielo faceva notare eccome. E non era la sola. Le dava manforte anche Vincenzo, il migliore amico di papà.

"Eh, Feli', vedi sempre tutto bello, tu!" era la frase che gli ripetevano più spesso. Io lo interpretavo come un complimento, col tempo ho capito che era un rimprovero.

Papà è sempre stato poco obiettivo. Quelle poche volte che provava un nuovo ristorante, ad esempio, il suo giudizio era sempre: "Eccellente". All'inizio il suo entusiasmo era contagioso, la gente ci andava su suo suggerimento, poi però ci restava male perché non ritrovava le bontà osannate da lui.

Era fatto così. Non lo faceva apposta. La bellezza che decantava ce l'aveva incastonata negli occhi, ma soprattutto nei sentimenti.

Dietro al feretro c'è così tanta gente che è dovuta intervenire la polizia locale.

Il corteo funebre procede lungo via Toledo, con i parenti più stretti in testa.

Mia madre ha il viso bagnato e in una mano stringe un fazzoletto di cotone con cui ogni tanto si tampona gli occhi.

Si regge al mio braccio, come se si volesse nascondere dietro di me e scansare la folla che si avvicina e la vuole abbracciare.

Almeno in questo, mamma e io siamo molto simili. Abbiamo sempre detestato i *tuzzuliamenti*, quel tipico modo di fare del napoletano che, mentre parli, deve toccarti, oltrepassando la soglia di protezione, ovvero quella sacrosanta distanza che oscilla tra i quaranta e i centoventi centimetri e ti separa dagli altri esseri umani.

Ma si sa, a Napoli si esagera nell'ordinario, figuriamoci in un'occasione come questa.

In chiesa è come se ci fossimo state solo lei e io. Gli altri erano una folla indistinta, non sono neanche riuscita a vedere dove si sono seduti zio Gianni e zia Pucci.

Devo aver avuto lo sguardo nel vuoto per chissà quanto tempo, piano piano metto a fuoco. Adesso che riesco a distinguere i volti, mi vengono restituite occhiate di commozione.

«Signora Paola, condoglianze. Vostro marito Felice è sempre stato un grande uomo. Un grande uomo.» La voce di Ciro 'o Pazz è inconfondibile. È invecchiato male ma la parlata è sempre la stessa.

È il fratello di Nanà, e orbita in via Caravita da che io ne ho memoria. Non so neanche dove abiti, sono abituata da sempre a vederlo ciondolare per la strada. Il suo posto preferito era il negozio di papà. Ex pugile, Ciro è detto 'o Pazz perché ogni tanto, senza motivo, perde le staffe. Non è cattivo, ma a furia di prendere botte in testa proprio normale non è. Voleva tanto bene a papà, e dato che è un energumeno, si è sempre offerto per i lavori pesanti, tipo spostare mobili e fare consegne. Nanà, invece, lo aiutava a sbrigare piccole commissioni e, soprattutto, arrivava puntualissimo per bersi con lui il caffè in negozio. Papà gli offriva una sigaretta e quel quarto d'ora giornaliero li faceva tutti contenti.

Mamma e io ricambiamo con un mezzo sorriso e continuiamo a percorrere via Toledo. Dopo qualche secondo, mi sento spingere.

«Mi scusi tanto, non volevo. Le ho fatto male?» Una voce femminile, gentile e costernata, mi arriva da dietro le spalle.

Mi volto per rispondere e mi ritrovo di fronte a una donna dai capelli rossi con dei grandi occhiali da sole. L'ho già vista da qualche parte, ne sono certa, ma non riesco a ricordare dove.

Dopo essersi assicurata che sto bene, la signora mi saluta scusandosi ancora e procede a passo svelto. Ha le buste di una famosa boutique in mano, dev'essersi ritrovata qui per caso, inghiottita dalla folla mentre faceva shopping.

La seguo con lo sguardo fino a quando entra in un vicoletto e sparisce.

Il corteo è come un'onda che invade la strada. Tutto si ferma, man mano che la bara di papà passa davanti ai negozi e alla gente. Alla vita che, invece, va avanti e resiste. Le saracinesche si abbassano, le persone smettono di parlare, partecipano al dolore anche se non hanno mai comprato niente da papà e ci hanno scambiato sì e no qualche parola.

Caffè Napoli, del resto, è famoso in tutto il quartiere, anche se nessuno lo conosce con il suo vero nome. Da fuori può sembrare un anonimo robivecchi con le pareti scrostate, qualche mobile esposto sul marciapiede e l'insegna BOTTEGA CARAVITA ormai illeggibile. All'interno però l'atmosfera è speciale, sembra di essere in quei caffè di una volta, dove darsi appuntamento fra quadri e oggetti antichi per chiacchierare senza fretta, sorseggiando una bella tazzina fumante.

Anni fa, durante uno dei suoi giri per approvvigionare il negozio, in una casa da sgomberare, papà si era innamorato di una vecchia cuccuma di rame da dodici tazze. La figlia della defunta, vedendolo così entusiasta per quell'oggetto che sicuramente lei non avrebbe mai utilizzato, gliel'aveva regalata.

Mamma, appena l'aveva vista, aveva sentenziato: "Feli',

siamo già pieni, è roba inutile, e qui non la voglio", e così lui se l'era portata in bottega.

Tutto il negozio si era impregnato dell'aroma di caffè, che papà amava triturare da solo con un macinino, bottino di qualche altro suo girovagare. Altro che "caffè sospeso", al Caffè Napoli ce n'era sempre uno per tutti. Era vietato entrare di cattivo umore o trafelati, papà faceva calmare chiunque con un sorriso e la sua famosa *tazzulella*. Il simbolo di quella lentezza era proprio quella caffettiera, *'a cuccumella 'e Felice*, come ormai veniva soprannominata.

Ovviamente aveva anche una moka; "ma solo per le emergenze", come diceva lui. A essere assolutamente vietate al Caffè Napoli erano le capsule di alluminio e le cialde. "Per carità, quella è brodaglia!"

"Feli', ma voi mi volete rovinare! E qua *nisciun cchiù vene a piglia' 'o cafè addu me*" lo rimproverava sorridendo Totonno, il barista all'angolo tra via Caravita e via Toledo. Ma lui era il primo a prendere il caffè da papà e si fermava sempre a fare quattro chiacchiere.

Da piccola adoravo andare in bottega, e soprattutto portarci le mie compagne di classe. Per loro era come giocare agli esploratori e trovare tesori preziosi. Nessuna sala giochi poteva competere con Caffè Napoli. C'era di tutto: dai gioielli ai quadri, dai libri antichi alle valigie, ai mobili e ai bauli dentro i quali ci nascondevamo. E poi pellicce, parrucche e vestiti eleganti che non vedevamo l'ora di provare senza farci scoprire.

Prima che Francesco lasciasse il palazzo e si trasferisse con la mamma, passavamo intere giornate a frugare nel retrobottega. Il tempo volava e noi inventavamo sempre storie diverse. Solo il finale era identico: ci sposavamo.

Io mi infilavo nei capelli un pettinino su cui era cucito il velo di un vestito da sposa antico, prendevo una grande spazzola d'argento come bouquet e il lieto fine era assicurato, almeno fino a quando i nostri genitori non ci chiamavano per andare a cena, e frettolosamente mettevamo tutto in ordine. O meglio, riponevamo i nostri travestimenti dove avremmo potuto ritrovarli la volta successiva, dato che nel negozio di papà le cose in ordine non ci sono mai state.

Una mano possente, che riconoscerei a occhi chiusi anche in questo momento di confusione totale, si appoggia alla mia spalla.

«Zio Vince'! Ti ho cercato in chiesa, ma non ti ho visto...»

«Stavo dietro, Lidiù» mi dice con gli occhi gonfi di lacrime, cercando di non piangere davanti a me e a mamma che gli passa il suo fazzoletto e gli fa una carezza sul braccio.

Vincenzo era il titolare della tabaccheria accanto alla bottega e si è sempre fatto in quattro per papà. Quelle rarissime volte che mio padre era malato, al Caffè Napoli ci badava lui. Si conoscevano da ancora prima di nascere, dato che le loro madri erano molto amiche. Se zio Gianni è suo fratello di sangue, Vincenzo è quello che si è scelto, forse anche perché era più simile a lui. Per me, è sempre stato "zio Vince'".

Zio Gianni, a differenza loro, ha frequentato l'università e i suoi amici erano nella cerchia dell'ospedale. Quelli di papà e Vincenzo stavano per strada, in via Caravita.

Fu nonna Lidia a decidere il futuro dei suoi figli. Dopo la morte prematura del marito, mandò il primogenito a lavorare come garzone alla Bottega Caravita. Nonostante la sua nuova occupazione, papà si diplomò al liceo classico con il massimo dei voti e il suo professore di Filosofia fece di tutto per convincerlo a continuare gli studi. La nonna, però, fu irremovibile, non volle sentire ragioni e invitò quel pover'uomo a farsi gli affari suoi.

Quando il titolare della bottega morì, la lasciò in eredità a papà, dato che non aveva figli. Tutto quello che guadagnava, tolti i soldi per le sigarette, mio padre lo dava alla nonna, che gestiva il ménage di casa. La maggior parte delle entrate erano per foraggiare gli studi di Medicina di zio Gianni.

"Felice, tu sei più *scetato, 'a mamma*! Cadrai sempre in piedi! A Gianni facciamolo studiare, poverino. L'università è sprecata per te, meglio se lavori e fai veramente i soldi."

Povera la buonanima di nonna Lidia, non aveva capito niente.

10

Al cimitero ci hanno accompagnato in macchina zio Gianni e zia Pucci. La zia, forse per tenere compagnia a mamma, non ha fatto altro che parlare senza sosta delle persone presenti in chiesa, non risparmiando commenti e indiscrezioni. Ognuno, d'altronde, reagisce alle tragedie a modo suo.

Continua a cianciare inarrestabile anche sulla strada verso casa. Rimaniamo bloccati nel traffico di piazza Dante, un camion che sta scaricando della merce e due macchine in seconda fila creano un ingorgo e un putiferio di clacson rabbiosi.

«Gianni, ti dispiace se scendiamo qua? Lidia e io ci facciamo due passi» interviene mamma.

Lo zio annuisce e accosta, zia Pucci finalmente tace. Li salutiamo e ci avviamo verso via Caravita.

Quasi sotto casa riconosco Francesco, assieme ai genitori. Mi aveva chiesto di aggiornarlo sulle condizioni di papà, ma in questi giorni il mio ultimo pensiero è stato quello di telefonargli per dirgli che se n'è andato. Non mi ricordo neanche se ho salvato il suo numero di telefono. A ogni modo, poco fa era in chiesa con suo padre e sua madre Irene. Non li vedevo tutti e tre insieme da una vita. Mi avvicino per salutarli come si deve e li ringrazio per aver partecipato alla funzione.

Angelo e Irene mi restituiscono un sorriso sincero. Parliamo con gli occhi, senza bisogno di domande a cui non saprei rispondere.

«Volete un caffè?» ci chiede Francesco. Tentenno, non vedo l'ora di rientrare a casa, farmi una doccia e provare a dormire.

«Volentieri, grazie» mi anticipa però mia madre.

La sua reazione mi stupisce, di solito rifiuta quelli che lei definisce inviti di circostanza. Quando ero piccola e facevamo visita a qualcuno, se mi offrivano qualcosa – anche un bicchiere d'acqua – mi proibiva di accettare. Ovviamente neanche al bagno in casa d'altri si poteva andare, "è *malaeducazione*" ripeteva sempre a me e a papà. Se ci dimenticavamo di fare pipì prima di uscire, la dovevamo trattenere.

Ci infiliamo nel primo bar che troviamo. Francesco va con mamma e Angelo a prendere i caffè, io resto indietro con Irene, che cerca di consolarmi con una carezza sui capelli. La sua non è un'invasione della mia soglia di protezione, è un gesto che smuove tutto quello che, durante il funerale, ho tenuto dentro.

Scoppio a piangere, singhiozzo senza freni e non ho neanche il pudore di andare a nascondermi in bagno. Istintivamente la abbraccio e lei continua ad accarezzarmi la testa. Pian piano mi calmo, e riesco finalmente a respirare a pieni polmoni.

Francesco ci raggiunge, ha in mano due caffè. Con discrezione, sua madre si allontana verso il bancone.

«Te l'ho preso amaro, giusto? Se hai cambiato abitudini, però, c'è la cremina. Vacci piano che è fatta con il novanta per cento di zucchero. È una bomba.»

Come fa a ricordarsi che il caffè lo bevo amaro, dato

che saranno almeno cinque anni che non ci vediamo, è un mistero.

Annuisco con un sorriso. Lo sorseggiamo piano, è incandescente. Avevo dimenticato pure quanto fosse forte il caffè a Napoli. In due dita scarse, una tazzina bollente, c'è un concentrato di vitalità. Mi sa che è questo il motivo per cui qui sono sempre attivi. Altro che pennica pomeridiana. La città non dorme mai, neanche se la tramortisci con una botta in testa. Come diceva papà, "manco con una *carocchia in capa s'acquieta*".

Restiamo in silenzio. Il mio sguardo è fisso nella tazzina vuota, come se mi sforzassi di leggerci chissà quale profezia. Avrei bisogno di qualcuno che mi dicesse che tutto questo dolore scomparirà. Sento le gambe pesanti, come se avessi corso una maratona senza essere allenata.

«Lidia, che dici, ci volessimo avviare a casa? Ce ne torniamo con Angelo.»

Mamma ha ripreso un po' di colore in volto, il caffè le ha fatto bene. Sono felice che lei e Irene si siano riviste. Erano diventate amiche dato che Francesco e io giocavamo insieme. Capitava spesso che ci fermassimo a cena da loro. Papà mi ha sempre detto che Irene, anche dopo essersene andata dal palazzo, aveva continuato a telefonare a casa per una chiacchierata, proponendo una partita a carte o una passeggiata, ma mamma cominciò a farsi negare e l'amica diradò le chiamate e gli inviti.

"Mi sembra di non portare rispetto ad Angelo" ripeteva mamma come scusa. La verità è che non è mai stata brava a mantenere neanche i rapporti di buon vicinato, figuriamoci quelli con le persone che cambiano casa.

Mi accosto al bancone e poso il piattino e la tazzina, ma mi cade il cucchiaino. Sia Francesco sia io ci abbassiamo per prenderlo, guadagnandoci una bella testata.

«Ahia» esclamiamo entrambi con una mano sulla fronte.

«Mettete il ghiaccio, per carità, che si fa il *bombolone*!» si raccomanda Irene.

Il barista ci consegna due fazzoletti pieni di cubetti di ghiaccio. Istintivamente io lo appoggio sulla sua fronte e lui sulla mia.

«Più piano, per favore» mi dice lui. Non ho il coraggio di togliere il ghiaccio e vedere il bozzo.

«Scusami. Invece tu puoi premere, non ti preoccupare. Non sento niente.»

Vorrei che il dolore sulla fronte anestetizzasse quello più forte. Ma il mio trucco da poveri questa volta non funziona.

Con il caldo che fa, il ghiaccio si scioglie in fretta e i fazzoletti si inzuppano d'acqua. Li restituiamo al barista, ringraziandolo, usciamo e ci dirigiamo verso via Caravita.

«Vengo anche io, due passi mi fanno bene» mi dice Francesco.

«Grazie, Francesco, ma davvero non c'è bisogno. Sarai pieno di impegni con lo studio, no?»

«Preferisco accompagnarti, Lidia. Mi fa piacere.»

«Io vi saluto, rientro a casa.» Irene abbraccia sia me che mamma e si incammina verso una laterale di via Roma.

Francesco e io restiamo soli, mamma e Angelo sono dietro di noi.

«Vorrei che la botta mi facesse dimenticare quello che è successo.» Glielo dico così, senza giri di parole.

«Lo so, lo vorrei pure io. Ma mi sa che ci vuole ben altro...»

«Tipo?»

«Che ne so... una bella sbronza?»

«Temo che dopo avremmo solo un gran mal di testa, France'. Purtroppo non ci sta niente da fare.»

«Eh già. Ci sono passato con Augusto... quando è morto è come se avessi perso mio padre.» Lo dice a bassa voce, avvicinandosi al mio orecchio per non farsi sentire da Angelo.

Sento lo stesso profumo che aveva quando mi ha accompagnata al matrimonio di Alice, quando avevo tutto e non lo sapevo. Quando mi lamentavo di dover fare la damigella e mio padre c'era ancora.

Gli sorrido e istintivamente lo prendo sottobraccio imboccando via Caravita.

Fuori dal portone del palazzo, c'è un uomo di spalle che sta parlando in modo concitato al telefono. È seduto su un trolley e gesticola. Accelero il passo, lasciando indietro Francesco. Inizio a correre e lo abbraccio forte, fortissimo.

«Pietro, finalmente! Ce l'hai fatta ad arrivare!»

11

«Lidia, ti prego. Sono sudatissimo, ho la camicia che mi si è appiccicata addosso. Ma che caldo infernale fa qui?»
Pure Pietro odia i *tuzzuliamenti*, solo che non ammette eccezioni.
Se vuoi farlo innervosire, toccagli i capelli o passagli una mano sulla schiena. Mi sono talmente abituata che ho perso l'istinto e forse pure la voglia di accarezzarlo.
Oggi però è diverso, oggi ho salutato mio padre dentro una bara. Oggi la teoria della soglia di protezione non si applica. Oggi si deroga a qualsiasi cosa.
«Da quanto tempo stai aspettando qui fuori?» glielo chiedo con voce quasi allarmata, come se il fatto che sia accaldato e stanco sia colpa mia.
«Da un paio d'ore, più o meno. Non sapevo dove raggiungerti. Ho provato a chiamarti ma hai il telefono spento. Meno male che sei arrivata.»
«Potevi domandare in giro, anche al negozio qui a fianco. Papà era conosciuto da tutti, ti avrebbero indicato la chiesa.»
«Sì, vabbè. Io ora entravo e chiedevo: "Mi scusi, sa dov'è il funerale del signor Gambardella?". Mi avrebbero preso per matto.»

«Tranquillo, per matto t'hanno preso comunque perché sei rimasto qui in strada per due ore, senza dare confidenza a nessuno.»

«Ma figurati, ne ho approfittato per fare qualche telefonata di lavoro. Mi si sono sballati tutti i piani.»

Angelo e mia madre si avvicinano all'ingresso, cercano entrambi le chiavi per aprire.

«Buongiorno signora, condoglianze vivissime.» Pietro porge una mano a mia madre, con sentito distacco.

«Angelo, vi presento Pietro, il mio fidanzato, è arrivato da Trieste.»

«Buongiorno» risponde lui con ben poco entusiasmo. Ha gli occhi gonfi e ancora lucidi. Poi apre il portone e si allontana verso la guardiola.

«Lidia, non mi avevi detto che avevamo ospiti» sibila mia madre.

Mia madre non riesce a celare l'antipatia per Pietro neppure in un momento così delicato.

"Ma chi si crede di essere? Tiene la puzza sotto al naso!" è stata una delle prime cose che mi ha detto quando l'ha conosciuto a Trieste, una delle rare volte che è salita insieme a papà. Dovevamo andare a cena fuori tutti e quattro, e lui non solo si era presentato con mezz'ora di ritardo, ma aveva risposto almeno a tre telefonate mentre finalmente eravamo seduti a tavola.

È anche vero che avevo insistito io per presentargli i miei. Stavamo insieme da sei mesi e per me era bello e naturale fargli conoscere la mia famiglia.

La cena poi era andata bene, Pietro è un ottimo oratore e, soprattutto, sa promuovere abilmente se stesso.

A papà era risultato simpatico, gli aveva fatto un sacco di domande sul suo lavoro e il giorno dopo erano andati insieme a bere un caffè e a vedere lo studio di Pietro. Con l'occasione, il mio fidanzato gli aveva fatto quotare tre quadri che aveva ricevuto in eredità dal nonno e che, a detta sua, valevano quanto un appartamento.

Non gli ho mai chiesto come fosse andata la valutazione, ma i quadri sono rimasti appesi alla parete della sua stanza riunioni, perciò dubito che fossero così preziosi.

L'uscita fuori luogo di mia madre è un coltello che affonda in una ferita aperta e sanguinante. Vorrei ricordarle che Pietro non è solo un ospite, ma non ho la forza di dire nulla, men che meno in presenza di chi ha fatto un viaggio di quasi otto ore di treno per raggiungermi.

Pietro, però, sa come mettere pace, anzi, sa come prevenire una guerra. Forse stare vicino a politici, diplomatici e paraculo non gli fa poi tanto male.

«Signora Paola, non si preoccupi. Ho prenotato un albergo sul lungomare, in via Partenope. L'ultima cosa che voglio fare è essere d'impiccio in questo momento. Sono venuto per stare vicino a Lidia.»

Il viso di mamma si rasserena, il pensiero di avere un estraneo per casa già in condizioni normali la fa agitare, figuriamoci adesso.

Per fortuna non c'è stato neanche bisogno di dare troppe spiegazioni, Pietro ha organizzato tutto con un'efficienza perfetta. Lui è così, pianifica in velocità e, quando i piani gli vanno storti, reagisce con resilienza, anche se spesso condita da sfoghi telefonici con la sottoscritta. Anche io sono brava, però. Ho imparato a disinnescare le arrabbiature, o a capire quando è il caso di dargli ragione e lasciare che getti fuori tutto quello che pensa. Come quando hai mangiato una cosa avariata e devi vomitarla tutta. Devi svuotarti completamente per stare meglio. Uno dei pregi di Pietro è che non si deprime mai. Anche quando perde clienti o ai suoi convegni non ci va nessuno. Lui cade, si inalbera, si rialza e la delusione assume la forma dell'incazzatura.

"Non mi vedrai mai seduto su un divano a piangere" mi ripete quando acchiappa qualche *scoppola*.

Io, invece, adesso, ho solo voglia di salutare tutti e mettermi a letto a piangere tutte le mie lacrime. A differenza sua, metabolizzo così. Lui il dolore lo rigetta, io lo mastico lentamente e poi lo butto giù.

«Stamattina ho scongelato le polpette. Ci mettiamo vicino un'insalata di pomodori. Immagino starai stanco. Non mi costa niente mettere un piatto in più» dice mamma, gentile. Passato il terrore di avere un ospite stanziale in casa, sa anche essere accogliente.

«Pensavo di invitarvi a pranzo fuori. Perché non scegli un posto carino qui vicino, Lidia?»

«Andate voi due, è tardi e io di andare al ristorante proprio non mi sento. Preferisco stare a casa.»

«Mamma, non ti lascio a mangiare da sola, scherzi?»

«Facciamo così, riposatevi entrambe in serenità. Vi porto a cena stasera, che dite?» interviene Pietro.

«Stasera viene zia Pucci, è il minimo dopo tutto quello che lei e tuo zio hanno fatto in questi giorni.» Mamma si rivolge a me infastidita, come se questo invito a cena che ritiene inopportuno lo avessi fatto io e non Pietro. «Se non ci fossero stati loro... chi ci aiutava, a noi due da sole? Pare che qua, nel momento del bisogno, c'è un fuggi fuggi.»

Mia madre ha la dote di mandare frecciate velenose senza pentirsi neppure un po'. Si vede che c'è rimasta male che Pietro non sia venuto al funerale. Io invece no. È stato organizzato tutto molto velocemente e i collegamenti con Napoli, da Trieste, non sono frequenti. L'importante è che sia qui adesso. Perché è ora, quando tutti sono andati via, che ho più bisogno di lui.

"È un fraccomodo scansafatiche. Papà si sarebbe messo in macchina appena saputo! Non solo salta i matrimoni, mo' pure i funerali!" So già che alla prima occasione proferirà queste parole. Non si rende conto, però, che quando parla male di Pietro alla fine offende me. Perché non ho saputo scegliere di meglio e mi accompagno con un uomo maleducato che non si vuole impegnare.

Ovviamente non è così, ma non ho mai avuto voglia di farle cambiare idea. La distanza ha facilitato il tutto, una volta me l'ha detto anche lei: "Meno male che certe cose non le vedo, altrimenti gliene direi quattro a quello lì!".

«Lidia, non voglio mettervi in difficoltà. Io torno in albergo e ci vediamo più tardi, ok?»

Pietro è talmente preso da sé che non ha colto la frecciata di mia madre. Sembra quasi sollevato per non dover pranzare e cenare insieme nonostante, come si dice a Napoli, abbia "fatto la mossa" di invitarci. Finisce di parlare e gli squilla il telefono, con un tempismo perfetto. Mi chiede di aspettare un attimo, fa un cenno di saluto a mia madre e si allontana.

In quel preciso momento realizzo che non ho neppure salutato Francesco. Dopo che l'ho lasciato indietro per correre da Pietro se ne sarà andato. Non solo l'ho trattato con sufficienza, ma si è portato a casa pure una botta in fronte.

Osservo mamma incamminarsi piano verso l'ascensore, ha la testa curva sulle spalle. Con l'età ha perso qualche centimetro di altezza, anche se lei dà la colpa alla scoliosi e più di tutto a sua madre, che per una vita – fino a quando non si è sposata con papà – l'ha fatta dormire su una poltrona letto. In casa erano cinque figli e posto per tutti non ce n'era. A lei era toccato quel giaciglio tanto disprezzato.

Alla fine c'è sempre un motivo per cui una persona ce l'ha con la vita. Mamma ha iniziato presto, dalla sua poltrona letto.

Mi fa male saperla sola, così la raggiungo e istintivamente le sfioro la schiena. Le cingo la vita minuta per accompagnarla e penso che non è vero che ci si disabitua a fare le carezze.

L'ascensore è occupato, mentre aspettiamo telefono a Pietro per avvisarlo che salgo a casa, ma squilla a vuoto. Starà ancora parlando, non escludo stia organizzando qualche altro convegno. Mi domando che cosa ce l'abbia a fare l'avviso di chiamata se poi non mi risponde.

Ecco, ho detto bene: non risponde a *me*. Perché se invece è con me che sta conversando, mi mette in attesa senza problemi.

Gli mando un messaggio: "Immagino tu ne abbia ancora per un po', sono tornata a casa, sono davvero provata".

Dopo neanche due secondi dall'invio, la notifica della sua risposta compare sullo schermo: un'emoticon con il pollice alzato.

Non so se ridere o piangere.

Mentre sto per riporre il telefono in borsa, ricevo un altro messaggio. Lo sapevo, Pietro non può essere così villano.

"Come va il bitorzolo? A me sta diventando blu. Ho preso l'arnica anche per te. Te la lascio più tardi in portineria da papà. Ti abbraccio, F."

Ecco, adesso mi sento ancora peggio.

12

In casa, l'odore di papà è fortissimo. All'ingresso c'è la borsa dell'ospedale con i suoi vestiti del matrimonio piegati alla bell'e meglio, ancora impregnati del suo profumo. Si era messo in tiro per la cerimonia, ci teneva a essere sempre a posto.

«Porto le sue cose in camera e vado a cucinare» mi dice mamma con voce roca, mentre si toglie le scarpe e infila le pantofole che usa sia d'estate che d'inverno.

«Ci penso io, tranquilla. Vai a riposare, che sei accaldata. Ti chiamo quando è pronto.»

«Grazie, Lidiù» mi risponde sollevata.

Non è abituata ad abdicare alle faccende domestiche, il fatto che ceda senza insistere misura il grado della sua stanchezza. Non passa neanche a cambiarsi in camera da letto e si siede sulla poltrona in salotto.

Suonano al campanello. Vado ad aprire, domandandomi chi possa essere a quest'ora. Mentre percorro il corridoio, istintivamente mi aggiusto i capelli e controllo se la camicia sia sudata all'altezza delle ascelle.

«Signora De Luca, buongiorno. L'ho vista prima, grazie di essere venuta a salutare papà, in chiesa.»

Non devo avere un'espressione molto contenta, in cuor

mio speravo che fosse Pietro, ma lei sembra non farci caso e mi risponde con un mezzo sorriso.

Mi porge un recipiente che tiene fra le mani magre, con le vene bluastre in evidenza. Sull'anulare sinistro ha due fedi, la sua e quella del marito. Si è messa il rossetto, questa cosa mi commuove.

«Ho preparato una *scafarea* di brodo. Ci ho messo le coscetelle di pollo e pure il mazzetto dell'orto di mia sorella.»

Da quanto tempo non sentivo la parola *scafarea*. Secondo me la signora De Luca l'ha sempre chiamata così, la pentola. Neanche *mazzetto* si usa mai, a Trieste. Anzi, credo sia una peculiarità tutta napoletana: quando si va dal fruttivendolo e si chiede il mazzetto, ti danno carota, cipolla e sedano legati con uno spago. È il bouquet che profuma della mia infanzia, di quando mangiavo interi piatti di pasta in brodo, con le stelline e il parmigiano.

"Me ne metti tanto tanto, sopra e sotto?" chiedevo sempre a mia madre, in modo che poi il formaggio filasse e si attaccasse al cucchiaio. Non c'era nulla di più godurioso.

Non ho tempo però per la malinconia, perché le mani della vicina iniziano a tremare.

«Signora, grazie! Ma non dovevate. Vi siete disturbata troppo» dico, prendendo la pentola. In effetti non doveva, fuori ci saranno almeno trenta gradi.

«Ho pensato che vi poteva fare bene.»

Senza dubbio un po' di cibo sano, dopo che mamma e io negli ultimi giorni ci siamo alimentate a toast e caffè, non può che essere gradito. Ma la prospettiva di ingurgitare un piatto caldo, adesso, mi fa sudare al solo pensiero.

La invito a entrare, e lei sorride contenta. Non le pare vero di poter fare due chiacchiere con qualcuno. Ogni tanto a papà portava lampade che spergiurava fossero antiche, fotografie dei suoi avi, cianfrusaglie varie solo per poter stare in compagnia. Lui la trattava con una gentilezza che gli invidiavo. Io sono sempre stata più ruvida, le persone come la signora De Luca mi appesantiscono l'anima. Non hanno rispetto dei confini altrui.

Cerco di contenere i miei pensieri nefasti e uso la mia insofferenza travestendola da stanchezza.

«Mamma, guarda la signora De Luca che carina che è stata. Ci ha preparato il brodo» dico ad alta voce. Arrivate in salotto, troviamo mia madre appisolata sulla poltrona.

«Uh, per carità, non disturbiamola. Vengo un altro giorno e ci beviamo un bel caffè» rilancia la vicina. «Volevo venire da voi durante il corteo funebre, ma ci stava troppa gente. E poi, *chiagneven pure 'e petre r'a via*» chiosa mentre la accompagno alla porta.

Ripenso al fiume di persone che hanno sfilato per salutare papà. Ed è vero, sembrava piangessero pure tutte le pietre di cui è lastricata via Toledo.

«Siamo un po' affaticate, in effetti...» Da una parte mi giustifico, dall'altra sono stanchissima e mi verrebbe da farle notare che è inopportuno piombare a casa della gente dopo un funerale, per di più nel primo pomeriggio, quando di solito ci si riposa.

Non finisco di pronunciare la frase che mi sento un'ingrata, a certe cortesie non sono più avvezza.

«Però dovete dormire, belle mie. Ho visto la luce della vostra cucina accesa stamattina alle quattro» si lascia scappare mentre la accompagno alla porta.

Che sia sempre stata impicciona non è un segreto. Credo abbia una sua postazione accanto allo spioncino per controllare l'andirivieni del palazzo.

«Ci proveremo, grazie» le rispondo quando ormai è sul pianerottolo. Dopo qualche secondo si gira, come se avesse avuto un presentimento.

«Se non mangiate il brodo, mettetelo in frigo, Lidia, che sennò si perde. È un peccato di Dio.»

Adesso l'odore di pollo bollito e verdure ha sovrastato quello di papà. Vorrei non aver aperto la porta, forse avrei fatto meglio ad andare a mangiare con Pietro. Non so se siano peggio le sue telefonate di lavoro o la puzza dell'intingolo della vicina.

Spalanco tutte le finestre per cambiare l'aria, sento il portone aprirsi e mi affaccio. Una Mini rossa ha appena parcheggiato tra due macchine con una sola manovra. La riconoscerei tra mille.

13

«Che ci fai tu qua? Non dovresti essere in luna di miele?» le grido affacciandomi nella tromba delle scale.

«Cos'è questa puzza?»

Dopo aver salito di corsa cinque piani e avermi abbracciata, è la prima domanda che Alice mi fa. Lei è così, senza filtri. Nel bene e nel male. Prima agisce e poi parla.

«Forse è il brodo che ci ha portato la vicina di casa. Ha impregnato tutto il corridoio» cerco di spiegarle.

«In realtà ha impregnato anche i tuoi capelli.» Alice mi guarda con aria schifata.

«Tanto, guarda, li dovevo comunque lavare. Poco male. Anzi, è la cosa che mi preoccupa di meno in questo momento, sinceramente.» Anche io, adesso, devo avere un'espressione schifata. Ci manca solo che mi consigli il suo parrucchiere, che se è come l'estetista stiamo freschi! Mi aspetto uno scalpo come minimo.

«Io la prossima settimana devo andare da Massimiliano, se vuoi prenoto anche per te.»

Eccola là! Puntuale con le sue proposte di bellezza. Immagino che Massimiliano sia il parrucchiere, anzi no, coiffeur. O forse si dirà hair stylist?

«Cice, grazie, ma non so neanche dove starò la prossima

settimana. E poi, dopo l'esperienza da Chanty, direi che per un po' mi tengo lontana dai "reparti benessere", capelli compresi. Stavo pensando di proporre a mamma di salire con me a Trieste. Per farla distrarre un po'...»

Mia cugina abbassa lo sguardo, palesemente dispiaciuta. Non so se è perché le ho detto chiaramente che non ho apprezzato il suo regalo o perché voglio andarmene, portando con me anche mamma. Oggi non ne combino una giusta. Cerco di rimediare, cambiando discorso: «Ora però tu dimmi: perché sei tornata? Ma sei matta?».

«In realtà sarei stata matta a starmene con le chiappe all'aria mentre...»

Questa volta la abbraccio io e lei smette di parlare.

«Gregorio ci starà odiando. Non solo gli abbiamo rovinato la cerimonia, mo' pure la luna di miele!» Vorrei sdrammatizzare, ma mi riesce malissimo. Cammino su un pavimento dissestato, rischio di cadere a ogni frase.

«In realtà non avete rovinato niente, Lidia. Il matrimonio è valido, eh? Casomai la cena, ma sai che abbiamo fatto? Beneficenza! Abbiamo regalato tutto il cibo a una casa famiglia di donne rifugiate con figli. Pensa la felicità di quei bambini quando si sono visti arrivare una torta a sei piani!»

Ma come fa Alice a trasformare il dolore in qualcosa di buono? Non sento dispiacere nelle sue parole, non mi serba rancore.

«Il catering è stato eccezionale, ha trasportato tutto per bene, senza nessun costo aggiuntivo. Certo, mamma avrebbe voluto surgelare ogni singolo piatto e avere pranzi e cene assicurati per un anno intero! Sai com'è fatta, no?»

Annuisco e mi sale un po' di tristezza a sapere zia Pucci infastidita per non aver beneficiato del sontuoso buffet. Ho sempre pensato che fossero le persone indigenti a stare attente a non sprecare, a contare fino all'ultimo centesimo. E invece mia zia mi ha insegnato il contrario: il privilegio dei ricchi è di non conoscere l'ansia nella gestione delle finanze. E, consapevoli e forti della propria ricchezza, hanno l'ardore di chiedere anche lo sconto senza vergogna. D'altronde, zio Paperone docet.

"Chi un centesimo non cura, un centesimo non vale" dice sempre la zia quando le si fa notare la sua eccessiva parsimonia. Per il matrimonio non ha badato a spese, ma credo avrà questionato sul prezzo di ogni singola ostrica.

«Certo, ora un piatto di risotto ai frutti di mare e caviale lo mangerei volentieri!» mi dice Alice toccandosi la pancia.

«In effetti l'ora di pranzo è passata da un po'... ma posso offrirti dell'ottimo brodo!»

Ci mettiamo a ridere, e non mi pare vero dopo gli ultimi giorni.

«Lidia, io non mangio da ore. Ho ancora la valigia in macchina, sono venuta qui direttamente dall'aeroporto.»

«Scusa, e Gregorio?»

«Ah, lui è rimasto a Mauritius!» dice con una nonchalance incredibile.

«COSA?»

«Alla fine è stato un bene che non siete riusciti ad avvertirci prima dell'imbarco. Non saremmo partiti entrambi e mi sarebbe dispiaciuto moltissimo per lui. Quando siamo atterrati e ho saputo da mamma della morte dello zio, gli ho detto che sarei rientrata e si è subito informato per anticipare il volo di ritorno. Ho dovuto insistere per lasciarlo lì e poi il cambio biglietto è stato carissimo. Almeno uno dei due non ci ha rimesso più di tanto. Lavora dalla mattina alla sera e fa turni estenuanti in ospedale. Si meritava un po' di relax.»

«Sì, ma non era una vacanza normale, era la luna di mie...» la incalzo io.

«Lidia, su. È il mio terzo viaggio di nozze. E poi Mauritius già la conosco. Ma soprattutto, abbiamo una vita per stare insieme, Gregorio e io. A quasi quarant'anni non siamo mica gli sposi novellini che non hanno mai fatto una vacanza in coppia!»

«Cice, io veramente non so cosa dire. Grazie.»

Fa finta di non aver sentito, ma so che se è rientrata a Napoli è più contenta così. Mi auguro che aver agito prima di pensare, questa volta, sia stata una buona idea e non se ne debba pentire.

«Senti, io ho una fame incredibile. Il brodo ti consiglio di smaltirlo nel wc, anche se mi dispiace che le fogne puzzeranno di pollo rancido e aglio. Vado in rosticceria, ci metto cinque minuti.»

Poche persone sanno sorprendermi come mia cugina. Un giorno sembra una ragazzina viziata e capricciosa, un altro una donna capace di smuovere il mondo per ottenere quello che vuole.

Ancora non ci posso credere che abbia piantato il povero Gregorio da solo in viaggio di nozze per starmi vicino. Mi chiedo se una sorella lo avrebbe fatto. Forse, quando fin da piccole ci hanno chiamato *'e sore cugine* (le cugine-sorelle) intendevano proprio questo: un rapporto più forte della sorellanza.

"Tra fratelli finisce sempre a puzza" mi ha spesso ripetuto mia madre, che con le sue sorelle d'accordo non c'è mai andata.

Mentre aspetto Cice, mi stendo anche io, sul divano accanto alla poltrona di mamma. È piombata in un sonno profondo, non l'hanno svegliata né i rumori né gli odori molesti.

Mi si chiudono gli occhi, pure se la mia pancia inizia a brontolare. La stanchezza batte la fame. D'altronde ho letto da qualche parte che la tortura più crudele è togliere il sonno, non il cibo.

Sento finalmente che il mio corpo si rilassa, il mio respiro si fa lento e le palpebre sono ormai pesanti, ma il divano è scomodo, la seduta è quasi sfondata. Metto un braccio sotto il cuscino, cercando una posizione che mi eviti dolori o contratture. Ci trovo un asciugamano di lino, è quello che papà metteva sulla testata del divano per non sudare. Spesso si addormentava guardando vecchi film alla televisione e a letto con mamma non ci andava proprio.

Lo stringo al petto, illudendomi di abbracciare lui. Un'ultima volta, almeno.

Il suono del campanello giunge prima del previsto e mi alzo per aprire a mia cugina.

Si è svegliata anche mia madre.

«*Ch'è stat?*» mi dice sobbalzando sulla poltrona.

«Mamma, non ti preoccupare, è Alice. È andata a prendere qualcosa da mangiare» rispondo mentre mi massaggio il collo.

«Cice? Ma cosa ci fa qui, non era in viaggio di nozze? E cos'è questa puzza?»

La scafarea è ancora sul tavolo della cucina. Mi precipito a gettare il contenuto nel gabinetto prima che Alice lo veda. Ci aggiungo della candeggina ma l'insieme dei due olezzi è micidiale. Tiro lo sciacquone, trattengo il fiato e mi lascio la camera a gas alle spalle per correre verso la porta.

«Pietro!»

Per fortuna tra una telefonata di lavoro e l'altra si è ravveduto.

Spero di aver cambiato l'aria a sufficienza. Pietro ha la fissazione degli odori. Dice che da quelli che si sentono negli androni dei palazzi si capisce il tenore della gente che ci abita. Più di tutti, per lui, quello di cavolo è indice di miseria.

Quando me l'ha detto la prima volta mi sono vergognata

un po' per lui, perché a essere miserabili erano i suoi pensieri. Da allora, però, non ho più comprato un cavolfiore.

Lo invito a entrare e, una volta arrivati in salotto, mamma si è volatilizzata. La poltrona dove l'ho lasciata poco fa è vuota. Avrà sentito la voce di Pietro e si sarà ritirata in camera sua. Per una volta non la biasimo.

«Lidia, mettila la suoneria al cellulare» mi rimprovera. «Troverai una decina di mie chiamate. Prima stavo parlando con l'assistente parlamentare dell'onorevole Miani. Mi vogliono in audizione, forse c'è spazio per un incarico. Non hanno nessuno per le problematiche tributarie, gli ho detto chiaramente che possono fare riferimento a me.» È esaltatissimo. «Dato che sono qui, potrei ottimizzare e andare e tornare in giornata a Roma. Così ammortizzo» continua inarrestabile.

Sono esausta, ma un "vaffanculo" forse ho la forza di dirglielo.

«Pietro, scusami, cosa devi ammortizzare?»

Lui tace, si è reso conto che è stato indelicato. Va bene che ha un ego sproporzionato, ma c'è un limite a tutto. È anche fortunato, perché il suono del campanello lo salva prima che la conversazione possa diventare spiacevole.

«Pizze appena sfornate! Profumo di pomodoro e basilico batte quello di pollame morto!» esulta Alice appena apro la porta.

Mi porge i cartoni della nostra pizzeria preferita con gli occhi che le brillano.

«Sssh, Alice, ti sentono! Quanto ci scommetti che la signora De Luca ti ha guardata dallo spioncino?» le sibilo invitandola a entrare.

«Ma figurati! Lidia, per favore, non fare la solita pesante. Ho preso anche la frittura: crocchè di patate e mozzarelle in carrozza!»

Ci avviamo verso la cucina, Pietro è seduto al tavolo e

sta scrutando nella scafarea vuota. Appena ci vede si alza subito, come se lo avessimo scoperto a fare qualcosa di proibito.

«Volevo capire da dove provenisse questo strano odore» confessa paonazzo.

«Pietro, te la ricordi Alice, vero?»

Lui e mia cugina si sono visti solo una volta, a Trieste. Alice era di passaggio per imbarcarsi su un veliero diretto in Croazia con il suo ex marito, che neanche scese dalla barca.

Avemmo giusto il tempo di fermarci al bar di fronte al molo e Pietro impiegò quei pochi minuti a disposizione per decantare le lodi del caffè triestino, decretandone la superiorità rispetto a quello napoletano.

Si vedeva lontano un miglio che voleva far colpo su di lei; non tanto per fare bella figura con la mia famiglia, ma perché Alice è troppo intrigante per non suscitare l'interesse di un uomo. Lei non se lo filava di striscio, si vedeva che le stava sonoramente sulle scatole. A lei piacciono gli uomini riservati, quelli che se ne stanno nell'ombra perché brillano di loro e non hanno bisogno di ostentare.

Pietro invece cerca sempre un posto al sole, e di lui infatti mi ha colpito il modo di fare: sicuro di sé, protettivo, capace di farsi avanti. Ho sempre ammirato il fatto che non avesse paura di nulla. "Io nel dubbio faccio la guerra" mi disse al primo appuntamento davanti a due spritz.

«Certo che mi ricordo» risponde adesso quasi piccato. «Non sono mica rincretinito. A proposito, auguri per le nozze. Si fanno le congratulazioni, giusto? Non sono tanto pratico... eh eh.»

«Grazie, sì, si dice così. Che dite se mangiamo direttamente nei cartoni? Mi sono fatta tagliare le pizze a spicchi e bene ho fatto, non sapevo avessimo ospiti.»

Ecco la conferma che ad Alice sta ancora sonoramente sulle scatole.

«Ah, ma non vi preoccupate, ho mangiato al volo un panino e sono a posto. Lidia, se hai una Coca Zero con ghiaccio e limone, però, la bevo volentieri.»

«Non credo, Pietro» gli rispondo seccata. Forse pensa di stare al bar.

«Guarda, se esci dal portone, subito a destra c'è Don Peppe. È un negozio di alimentari, proprio accanto al Caffè Napoli. Hai presente, no?» gli suggerisce Alice mentre apre i contenitori della pizza che emanano un odore celestiale. «Nel dubbio, chiedi e te lo indicano.»

«Certo che ho presente il negozio del signor Felice! Allora, io vado. Faccio subito.»

«No, ma fai con calma» diciamo contemporaneamente Alice e io.

Appena sente la porta di casa chiudersi, mia madre esce dal suo nascondiglio.

«Zia Paola!» Alice si alza e va ad abbracciarla. «Quanto mi dispiace non riesco neanche a dirlo. Non ci credo che zio Felice se ne sia andato così. Appena mamma me l'ha detto, ho preso il primo aereo. Purtroppo per il funerale non ce l'ho fatta, ma da Capodichino a qui ho guidato fregandomene dei semafori. Non sono neanche passata da casa dei miei, ma so che stasera mamma e papà vengono a cena qua. Così stiamo tutti insieme.»

«Cice, 'a zia. Grazie. Ma devi riposare, hai gli occhi tutti rossi.»

Mia madre non è mai stata amorevole con me come lo è con lei.

«È l'aria condizionata maledetta dell'aereo! Zia, ma hai mangiato? Ti ho preso la margherita con il cornicione ripieno di ricotta e funghi, so che ti piace assai.»

«Quella era la preferita di papà» rispondo io, mentre ci

sediamo attorno al tavolo e afferro una fetta di pizza provola e friarielli.

«Non ci ho fatto mettere la salsiccia perché il tanfo di pollo della vicina mi ha disgustato» continua Alice.

«Mamma, la signora De Luca è venuta a portarci una pentola di brodo, ma non si poteva neanche annusare. Dava il voltastomaco. Per favore, dopo falle un colpo di telefono per ringraziarla. Io lavo la scafarea e gliela porto più tardi.»

«Non si fa mai i fatti suoi, quella! Ma se pensa di fare con me quello che faceva con papà, sta fresca» protesta mamma.

«Ma scusa, che faceva con papà?»

«Gli stava sempre azzeccata, ogni scusa era buona. E una volta per portargli le cose sue al negozio, e un'altra per farsi aiutare ad aggiustare quei mobili vecchi che tiene...»

«Uè zia Paola, mica eri gelosa di zio?» interviene Alice con la bocca piena.

«Ma figurati! È pure più vecchia di me. È insopportabile, ma ti pare che devo stare chiusa in casa per non farmi vedere? Non è possibile che, appena scendo le scale, apre la porta e mi trattiene con qualche scemenza sua!»

Suona il citofono.

«Questo è Pietro!» Lo benedico per aver interrotto una conversazione sgradevole.

«Non sapevo cosa vi piacesse di più» dice, estraendo da un sacchetto un paio di bottiglie di birra e delle Coca Zero. «Nel dubbio, ho comprato tutto. Qui i prezzi sono bassissimi. Volete sapere quanto ho pagato per tutta questa roba?»

«No!» rispondiamo all'unisono.

«Sulla porta del negozio di tuo padre ho trovato questo avviso di giacenza di una raccomandata. L'ho preso, sono venuti stamattina, l'inchiostro si stava quasi sbiadendo al sole.»

«Grazie, Pietro, ora siediti e assaggia questo crocchè» gli dico mentre ripongo l'avviso nel primo cassetto della credenza, quello dove ci sono elastici, rotoli di spago e carta da regalo che mamma stacca chirurgicamente dai pacchi per poterla riutilizzare.

La Coca Zero deve avergli fatto digerire il suo panino alla velocità della luce perché mangia un crocchè dopo l'altro: li spezza in due e si gode la vista del ripieno di mozzarella filante con i cubetti di prosciutto cotto e salame.

«Le avete già sistemate le questioni legate alla successione?» chiede disinvolto mentre mastica con gusto.

«Non ancora, veramente. E a dirla tutta non so neppure da dove iniziare» rispondo sperando che non inizi uno sproloquio su faccende burocratiche. Sa che le detesto, le trovo proprio respingenti.

«Be', sei un avvocato, no? Non puoi darle una dritta tu?» suggerisce Alice.

«Veramente sono commercialista» le risponde infastidito. «E poi non è la mia materia. Io mi occupo di diritto societario.»

Si lecca le dita dopo aver divorato l'ennesimo crocchè.

«Vabbè, ma sicuramente più di noi capisci, no?» lo incalza Alice.

So già a cosa sta pensando mia madre: che è il solito fraccomodo e che, se deve fare mezzo passo in più per qualcuno, lo fa pesare non poco. *"Mamma mia, se fa scennere 'na cosa da 'e ccoglie 'Abramo!"* direbbe senza pietà.

Pietro è così con tutti, però, anche con i suoi genitori. Anzi, per me fa cose che per nessun altro ha mai neanche pensato di fare. Per me o per qualche ministro. Come quella volta che aspettò un parlamentare in aeroporto fino a notte fonda. Peccato però che l'onorevole, invece di farsi accompagnare da Pietro come concordato con la sua segretaria, preferì salire su un taxi, salutandolo pure con sufficienza.

«E va bene. Domani ci informiamo, non vi preoccupate» si rassegna mentre si apre un'altra Coca.

Io faccio un respiro di sollievo. Mamma nei suoi confronti esagera, è che Pietro è molto preciso e semplicemente si occupa di altro, non è un notaio.

Certo, a prescindere dall'argomento, di primo acchito lui ci prova a non accollarsi le seccature degli altri. Poi, però, rinsavisce.

Mio padre era l'opposto, si buttava proprio ad aiutare le persone, senza neanche pensarci. Gli veniva naturale. Lo faceva con chiunque avesse bisogno, compresi Nanà, Ciro 'o Pazz e la signora De Luca.

Sarà stato il DNA di suo padre, nonno Adolfo, un dentista che per la maggior parte del tempo curava pro bono i bisognosi. Nella loro villetta di Bagnoli, dove al pianoterra c'era lo studio, il pomeriggio c'era un viavai di gente che chiedeva assistenza. Ognuno lo ripagava come poteva: chi gli portava il pane, chi si offriva di pulire il giardino o di tagliargli barba e baffi.

Lui in genere declinava, anche se ogni tanto accettava qualcosa per far sentire utile chi era stato aiutato e voleva contraccambiare.

Nonna Lidia me lo raccontava spesso: "Ha sempre lavorato troppo, per gli altri c'era sempre, per noi mai. E questa cosa *mi andava proprio in fronte!*".

La generosità del marito era una mancanza di rispetto nei suoi confronti e si era ritagliata il ruolo di moglie trascurata. L'ultimo sgarbo glielo aveva fatto quando era morto d'infarto lasciandola vedova e senza soldi, perché era totalmente incapace di mettere da parte ciò che guadagnava. Questa sventura l'aveva molto indurita.

Per certi aspetti la nonna mi ricorda mia madre: quello che per il nonno era lo studio medico, per papà era Caffè Napoli. Forse è vero che i figli ricercano la figura materna o paterna nelle persone di cui si innamorano, si insegue sempre ciò che ci è familiare, perché sparigliare le carte fa paura. Il pantano sarà anche stagnante, ma è tiepido e rassicurante, e tuffarsi in acque sconosciute non è sempre rigenerante. Nel dubbio, quindi, meglio restare fermi.

Poi però si arriva a un punto in cui la ripetizione delle scelte si interrompe. Io infatti ho messo ottocentocinquanta chilometri di distanza dai miei e ho scelto Pietro, che non assomiglia né a mamma né a papà.

Sono state queste le carte che ho pescato dal mazzo e me le sto giocando per non perpetuare la spirale di insofferenza in cui erano finiti i miei genitori.

Solo che ora non lo so se ho fatto bene. Mi sa che, alla fine, qualsiasi carta tu abbia, e a prescindere dalla tua scaltrezza nel bluffare, il banco vince sempre.

14

«Lidia, Lidia...»

Mi sento toccare la spalla, ho ancora gli occhi chiusi e per nulla al mondo li aprirei. È la prima notte in cui riesco a dormire dopo giorni.

«Mamma, che ore sono? È ancora buio, non ti senti bene?» La testa mi scoppia.

Accendo l'abat-jour e la vedo seduta sul bordo del mio letto, pallida, con due occhiaie scure e profonde. Sembra invecchiata di vent'anni.

«Pietro ha ragione» dice guardando nel vuoto.

«Su cosa? Che c'entra Pietro?»

«Il negozio, Lidia. Chi se ne occuperà adesso?» Ha la voce bassa, roca.

Ieri sera a cena, zia Pucci ci ha chiesto cosa volessimo fare di Caffè Napoli. Mamma e io siamo state vaghe, e Pietro è intervenuto esortandoci a prendere una decisione.

"Il morto è ancora caldo e questi parlano di soldi" mi ha detto mamma mentre portavamo i piatti in cucina.

«Sono le tre e ho preso una pasticca per dormire, proprio ora ne dobbiamo discutere?» Il cerchio alla testa non accenna a sparire, anzi. È come se qualcuno mi stesse conficcando un chiodo nel cranio.

«Che hai preso? Oddio mio, mica ti droghi?»

«Macché! È una roba naturale che mi ha dato Alice. Non prendo mai nulla, sono in debito di sonno di cento ore e ha fatto effetto subito. Sono crollata» le rispondo.

«Cice è bella e cara ma secondo me con le medicine tieni uno strano rapporto! Non fare sciocchezze, eh?» mi rimprovera così, a prescindere.

«Mamma, prova a riposare un po', per favore. Ora non possiamo fare nulla, domani ne parliamo con calma e sistemiamo le cose. Ti accompagno a letto e ti faccio una camomilla con la melatonina, va bene?» La mia voce è implorante.

Scendiamo le scale mano nella mano, temo di inciampare nella camicia da notte che mi arriva ai piedi e di trascinarmi anche mamma per tutta la rampa.

Arriviamo indenni nella sua stanza, lei si infila sotto il lenzuolo fresco di lino. Era quello della nonna, ci sono le sue iniziali.

«Lidia» sussurra mentre sto per andare in cucina, «la camomilla non la voglio, resti qui fino a quando non mi addormento?»

Ora sembro io la mamma e lei la figlia che ha paura del buio.

«Certo, tu però devi stare tranquilla, andrà tutto bene. Ci sono qui io. Pietro e zia Pucci ci vogliono solo aiutare.»

Cerco di usare il tono più persuasivo che ho. Sono già d'accordo con Pietro che domani, a colazione, pianificheremo tutti i passaggi per la successione.

Sia lui che zia Pucci hanno ragione: non ha senso lasciar passare del tempo, anche perché il conto corrente di famiglia era intestato solo a papà e mamma non può disporne. Il funerale l'ho pagato con i miei risparmi. "Per gli imprevisti" ho sempre pensato quando accantonavo una parte del mio stipendio. Tutto mi sarei aspettata, tranne questo. Che mi sarebbero serviti per dare un degno saluto a mio padre.

Pietro mi ha suggerito di affittare il negozio, così mamma potrà contare su una rendita.

Insomma, faremo in modo che sia tutto rapido e indolore. Soprattutto rapido.

Mi stendo accanto a lei. Mi prende la mano. Sta tremando.

«Mamma, che hai?»

«Ho paura.»

15

«Quindi dobbiamo andare da un notaio?» domando a Pietro sorseggiando il secondo caffè, che spero mi infonda un po' di lucidità. Chissà quando riuscirò a dormire per sette ore di seguito.

«Assolutamente sì, è la cosa più veloce. Tu e tua madre accettate formalmente l'eredità, così avrete accesso ai beni di tuo padre e potrete anche decidere cosa fare del negozio. Come ti dicevo, secondo me la cosa migliore è affittarlo, e ho già intercettato un paio di agenzie immobiliari che se ne possono occupare. Le ho sentite questa mattina presto e hanno già dei potenziali locatari. Figurati, un locale commerciale in centro storico è una gallina dalle uova d'oro! Sarà un gioco da ragazzi, Lidia. Poi finalmente ce ne torniamo a Trieste.»

Pietro è una vera macchina da guerra. D'altronde non potrebbe fare il lavoro che fa senza un grande senso pratico.

«Il notaio vi costerà qualche migliaia di euro, ci sono anche altre strade ma...» continua a esporre il suo piano d'attacco, e lo interrompo subito.

«No, Pietro, che senso ha? Queste lungaggini sono deleterie per mamma. Stanotte era agitata, ne ho parlato anche con Alice. Addirittura lei teme che possa cadere in uno stato di stress post traumatico.»

«Ora non esageriamo, dài. È normale che si senta persa e voglia sistemare le cose, soprattutto perché tu sei lontana. E poi non mi hai sempre detto che Alice è ipocondriaca e vede malattie ovunque?»

Non mi piace il tono di sufficienza che usa nei confronti di mia cugina e mi pento di avergli raccontato il punto debole di Alice. Non l'ho fatto con cattiveria: una volta Alice mi telefonò per raccontarmi di un suo malessere fisico e io, che in quel momento ero a cena con Pietro, per liquidarla feci una battuta, paragonando la nostra conversazione alle sedute psicoanalitiche di Zeno Cosini, il protagonista ipocondriaco della *Coscienza di Zeno*, il romanzo di Italo Svevo.

Ma ho sbagliato, e vorrei tornare indietro per evitare commenti cretini. Mi sento improvvisamente responsabile del fatto che tra due delle persone più importanti della mia vita non corra buon sangue. E forse, qualche critica sulle fissazioni politiche di Pietro me le sarei potute risparmiare pure con Cice.

«Certo, certo...» annuisco.

Non mi è mai pesato essere figlia unica, ma in questo preciso istante sento tutto il vuoto di questo mondo. Certo, ci sono Pietro e Alice, ma nessuno dei due sta vivendo esattamente la mia situazione, possono capirla fino a un certo punto.

«Se scegliete la via del notaio – indovina? –, ce l'ho! Il tuo Pietro ha sempre un asso nella manica. La sorella di un suo collega di università ha vinto il concorso tre anni fa e ha avuto la sede a Napoli. Ha cercato su Google ed è in via Toledo, a neanche cinquecento metri da casa vostra. E bravo Pietro!»

Sono sbalordita da tanta efficienza, anche se mi inquieta quando inizia a parlare di sé in terza persona.

«Grazie, però forse ce l'ho anche io una persona a cui far

riferimento per le questioni legali...» Freno il suo entusiasmo per non sembrare proprio una sprovveduta che non ha neppure un contatto nella città dov'è nata.

«Lidiù, non ci pensare proprio!»

Mia madre compare in cucina come un fantasma, evidentemente ha origliato tutta la conversazione da dietro la porta.

«Buongiorno signora Paola, ho portato le brioche con la crema ma non volevamo svegliarla.»

Pietro si alza in piedi per salutarla e le sposta la sedia per farla accomodare.

Mia madre neppure gli risponde, è visibilmente arrabbiata con me. Spero che sia nervosa a causa della mancanza di sonno e nulla più.

«I fatti miei non li voglio far sapere in giro, Lidia.»

«Scusate, forse mi manca qualche passaggio...» Pietro cerca timidamente di smorzare i toni.

«Niente, pensavo di chiedere a Francesco il nominativo di un notaio, sicuramente ne conoscerà qualcuno, essendo avvocato da tanti anni. Possiamo anche confrontarci con lui se abbiamo dei dubbi o...»

«Ti ho detto di no!» interviene mia madre sbattendo i pugni sulla tavola.

«Va bene, mamma. Va bene. Però per favore calmati, eh? Era solo un'idea.»

«Ma chi è Francesco, un altro cugino?» chiede Pietro.

«Lascia stare, se puoi chiama la sorella del tuo amico, così mettiamo fine a questa storia.»

Nel momento stesso in cui accetto l'aiuto di Pietro, il viso di mia madre inizia a essere meno tirato.

«Grazie, Pietro» dice, rivolgendosi a lui per la prima volta da quando è entrata.

«Allora esco un attimo, così ne approfitto anche per passare in agenzia immobiliare. Ci vediamo tra un'oretta. Se ho novità sull'appuntamento ti telefono, va bene, Lidia? Arrivederci, signora Paola. Non vi disturbate, conosco la strada» dice dandomi un bacio sui capelli e porgendo la mano a mia madre, prima di imboccare il corridoio e uscire.

Appena sento la porta chiudersi, mi giro verso la mamma. Cerco di mantenere la calma, però non credo mi riesca bene.

«Ma cosa ti è preso? Sei entrata come una Erinni. Cosa c'è di male se coinvolgiamo Francesco, che è un amico di famiglia? Sicuramente sta dalla nostra parte e ci consiglierebbe al meglio. Tutto questo fastidio nei confronti della sua famiglia, poi? Ma perché?»

«Posso avere un po' di caffè?» cerca di sviare la domanda. Ma dopo la brutta figura fatta davanti a Pietro, non riesco proprio a passarci sopra e la incalzo.

«Non c'è nulla da dire, Lidia» ribatte lei. «Non voglio coinvolgere Francesco, che poi va a spifferare i fatti nostri a sua madre.»

Eccolo qua, il motivo di tanto livore. Mi chiedo quando, e soprattutto perché, mamma abbia iniziato a considerare Irene come un'estranea. Ho il sospetto che il motivo risieda nel fatto che lei ha trovato il coraggio e la forza per separarsi da Angelo, e si è innamorata di un avvocato facoltoso. Mia madre invece con papà era infelice e si sentiva senza via d'uscita.

E io che dopo il funerale, al bar, pensavo potessero riavvicinarsi. Evidentemente mi sbagliavo. Nell'abbraccio che si sono scambiate mi sa che c'era solo cortesia e non affetto sincero, almeno da parte di mamma.

«Sono certa che Francesco non lo farebbe mai, dato che esiste il segreto professionale. Che poi, sarebbe il segreto di Pulcinella. Oltre al negozio, alla casa e ai soldi in banca non c'è più nulla!»

«Permetti che decido io?»

«Ma sì, mamma. Decidi tu. A me va bene tutto. Anzi, prima facciamo, meglio è.»

Lo squillo del telefono è salvifico.

«Amore, oggi pomeriggio alle sette appuntamento dal notaio! Detto, fatto! E dopo ti porto a cena fuori. Ora passo in agenzia, per la questione dell'affitto. Vi vengo a prendere alle sei e mezzo.»

Pietro è talmente infervorato che parla a voce alta e mamma sente tutto.

«Lidia, a proposito del negozio...»

Non ho più voglia di stare a sentirla, i suoi discorsi sono intrisi di animosità vecchie e stratificate. Mi fa male vederla così, soprattutto alla sua età. Ora dovrebbe perdonare, lasciar andare, alleggerirsi il cuore. Gli ultimi anni della sua vita li dovrebbe trascorrere in serenità. Senza nemici, veri o, come nel suo caso, immaginari.

«Dimmi, mamma.» Credo che la mia aria spazientita sia inequivocabile.

«Io Caffè Napoli lo voglio vendere. Con quello che ricavo ci posso campare. Gli affitti sono solo seccature, me lo dice sempre zia Pucci.»

Piccolo particolare: mia zia di appartamenti in affitto ne avrà almeno una trentina. Ovvio che, per la legge dei grandi numeri, qualche rogna ogni tanto le capiti.

La cosa che mi fa soffrire di più è che io non sono proprio considerata in questa faccenda, anche se mi riguarda in quanto erede al cinquanta per cento.

«Non credo però che papà volesse fare così» provo a controbattere. «Lui adorava Caffè Napoli.»

«Lidia, ma ancora credi a questa storiella romantica? Papà voleva fare altro, ma perché insistete tutti su questa cosa? La bottega è il fallimento di tuo padre! Ma ti pare giusto che a diciott'anni sia dovuto andare a lavorare e fare il garzone da quel rigattiere, per mantenere sua madre? A lei e pure al fratello?»

«Mamma, ma cosa dici? Stai rivangando cose di cinquant'anni fa, ti rendi conto?»

Il risentimento per mia madre è come la gramigna che cresce selvaggia, che non solo è difficile da estirpare, ma rende impossibile la fioritura di altre piante. Lei è imprigionata nei rovi dell'odio. E io sono troppo stanca per potare le erbacce.

Da una parte ha ragione, papà avrebbe voluto studiare all'università, magari frequentare l'Accademia delle Belle Arti. Era bravissimo a disegnare e il suo talento lo avrebbe portato lontano. Però non l'ho mai sentito, neppure una volta, recriminare per le scelte che sua madre gli aveva imposto. Ha accettato di buon grado di andare a lavorare, senza abbandonare la sua passione per l'arte.

Mio zio, invece, ha studiato a testa china nella consapevolezza di non poter perdere tempo, per non gravare troppo su quel fratello che si era dovuto sacrificare per il bene di tutti.

E poi papà, come riesce solo alle anime gentili, è riuscito a trovare tanta bellezza nella sua bottega. Non ci preparava solo il caffè, amava anche dipingerci e nel retro – una grande sala che fungeva da magazzino e dove esponeva la maggior parte dei suoi quadri – aveva allestito un piccolo studio. Lui lo chiamava "studiolo", sminuendo così, però, il suo talento. È sempre stato vittima del suo *understatement*. Che peccato.

Mia madre non voleva in casa la puzza dei colori a olio e degli acrilici, e lui si era trovato il suo spazio. I clienti avevano scoperto questa sua dote e con il tempo erano arrivate le prime richieste. Dato che durante il giorno lavorava, spesso faceva tardi per terminare le opere che gli venivano commissionate, anche se ho il sospetto che tutti quegli straordinari fossero una scusa per stare lontano da mamma. Ogni volta che vendeva un quadro era veramente soddisfatto, anche se non l'ho mai sentito vantarsene.

Da quanto tempo non vado in bottega... Mi aveva detto che aveva apportato delle modifiche nel retro, ma non sono mai andata a vederle.

«Le chiavi del negozio sono al solito posto?» chiedo alla mamma cercando di abbassare i toni della conversazione, mentre lei è di spalle e sta sciacquando le tazzine.

«Sì, nel primo cassetto.»

Lo apro, le prendo e mi infilo in tasca anche l'avviso della raccomandata che ieri ha recuperato Pietro. Così ho una scusa per uscire e distrarmi un po'.

«Che fai, rientri per pranzo?»

Quando mia madre è mortificata, la sua offerta di scuse è sempre la stessa: "Hai mangiato?", "Resti per pranzo?", "Ti preparo qualcosa?".

Non rispondo, faccio finta di non aver sentito e mi chiudo la porta alle spalle. La tristezza, purtroppo, non riesco ad abbandonarla e la porto con me.

16

L'ascensore è inagibile, Angelo sta pulendo i pianerottoli e lo tiene occupato. Dalla tromba, sento le lamentele dei condomini, seccati di dover salire a piedi. Mi chiedo come si faccia a essere insofferenti nei confronti di una persona anziana che per vivere deve ancora lavare le scale.

Scendo in velocità, anche per non dare modo alla signora De Luca di vedermi e di trattenermi con le sue chiacchiere.

Con il caldo che fa è già tutto asciutto. Il profumo di lavanda del detersivo mi calma dopo la discussione con mamma e i caffè di troppo che ho bevuto.

Raggiungo Angelo, mi sembra più magro del solito, curvo, mentre si asciuga la fronte con il dorso della mano.

«Angelo, come state?»

«Lidia bella. Io sto bene. È che fa caldo!»

«Vi porto un caffè freddo, così vi mette su?»

Mi sorride, gli occhi gli diventano lucidi. Temo che non sia abituato alle gentilezze degli inquilini.

«Non ti disturbare.»

«Ma quale disturbo, mi fa piacere. E poi, con tutto quello che fate per mamma e pa...»

Mi blocco, non sono ancora pronta a parlare di papà al passato. Mi viene un groppo alla gola. Angelo se ne accorge, lascia cadere la pezza nel secchio con l'acqua saponata e si avvicina.

«Sai che facciamo? Il caffè ce lo andiamo a bere insieme al bar! Qui posso continuare dopo... tanto che fanno, mi licenziano?»

«Macché! Qui senza Angelo sono tutti persi. Ma chi vi lascia andare a voi!»

«*'O ver, è? Jamm*, Lidia!»

Raggiungiamo un bar in piazza Carità in cui non sono mai stata e chiediamo un orzo per me e un caffè freddo per lui.

Il barista mi rimprovera per il mio ordine e ci mette davanti due bicchieri con una spumosa crema fredda di caffè che sembra invitante. Ci spolvera sopra anche una generosa dose di cacao.

«C'è poca caffeina, non vi preoccupate, signuri', ma che dovete fare con queste fetenzie!»

Mi dico che ha ragione, e comunque questa crema di caffè è talmente buona che non può farmi male. E poi devo tenermi sveglia fino alle sette, per l'appuntamento con il notaio.

Finito il caffè, riaccompagno Angelo in guardiola.

«Francesco mi ha lasciato un pacchettino per te» mi dice davanti al portone, prima di salutarmi.

«Accidenti, è vero, mi aveva avvisato che mi avrebbe dato la pomata da mettere sulla fronte. Me ne sono proprio dimenticata. È sempre così gentile. Lo siete tutti.»

«E ci mancherebbe, Lidia. Ti conosco da prima di nascere. Francesco è passato un paio di volte da quando sei arrivata ma non ti ha mai trovata, e devo confessarti che...»

Non finisce la frase perché una giovane donna dall'aria preoccupata ci interrompe. «Scusate, siete della zona?»

Avrà trentacinque anni al massimo. Il viso, senza un filo di trucco, è puntellato di lentiggini. Ha i capelli rossi raccolti in una lunga treccia, un vestito nero monacale che le arriva alle caviglie e dei sandali di corda. Nella sua semplicità, è elegantissima.

«Sì, dite pure.» Si vede che Angelo è abituato ad aiutare sempre le persone.

«Sapete a che ora apre il negozio Caffè Napoli? Cercavo il signor Felice. Sono passata anche ieri ma l'ho trovato chiuso.»

«Purtroppo il signor Felice è venuto a mancare qualche giorno fa. Io sono la figlia, puoi dire a me.» Non so neanche dove trovo la forza per dire ad alta voce che papà non c'è più. «Ha avuto un infarto» aggiungo lapidaria. Le parole crude fanno male, ma arrivano subito al punto.

La ragazza è dispiaciuta, quasi in imbarazzo. Abbassa la testa sussurrando un "condoglianze".

Cerco di cambiare argomento, per non rischiare di piangere in mezzo alla strada e, soprattutto, davanti a una sconosciuta.

«Avevi bisogno di qualcosa?»

«Per la verità, sì. Devo ritirare un quadro per conto di mia madre. Lo aveva fatto fare per mio padre, per il suo compleanno. Stasera c'è la festa a sorpresa e non possiamo non dargli il regalo, quindi è urgente. Mi potresti aiutare tu?»

Beata lei che può ancora festeggiare i compleanni del papà.

«Io non ne so nulla, ma ho le chiavi del negozio, se vuoi entriamo e vediamo.»

«Grazie, veramente è la prima volta che vengo, ha deciso tutto mia madre.»

«Lidia, se è tutto a posto, io andrei, così riesco a finire prima di pranzo...» Angelo ci saluta, dopo essersi assicurato che non sono in pericolo.

«Puoi chiamare tua madre e chiedere di che quadro si tratta? Magari ti fai mandare una foto» dico alla ragazza che ha ancora l'ansia dipinta in viso.

«Ci ho già provato prima, ma non mi risponde. Sarà impegnata a preparare la festa, ci sarà un sacco di gente, ed è impicciata da una settimana, notte e giorno.»

«Vabbè, dai, proviamoci» le dico mentre mi avvicino alla porta del negozio e infilo la chiave nella serratura.

Sento il cuore che batte fortissimo, sto per entrare nel regno di papà senza di lui. Non sarà qui dentro ad aspettarmi per farmi vedere il suo ultimo quadro. I miei occhi si riempiono di lacrime ma il profumo di caffè che sento appena varco la porta della bottega mi dà una sferzata di energia.

Caffè Napoli è uno spazio ovattato dal dolore. Perché qui, invece, papà c'è.

Fare una cosa utile per qualcuno, legata al suo lavoro e alla sua passione, mi dà la forza di cui ho bisogno.

«Dov'è la festa?» chiedo alla ragazza tentando di essere cordiale.

«A casa dei miei, a via Posillipo.»

Risponde senza troppo entusiasmo, quasi che ammettere di provenire da uno dei quartieri più esclusivi di Napoli le dia fastidio.

«Comunque io sono Mila» si presenta tendendomi la mano.

«Io sono Lidia, piacere. Spero che i quadri siano ancora da questa parte.» Le faccio segno di seguirmi nel retrobottega.

«Ma questo posto è fichissimo!» esclama guardandosi attorno. «E che buon profumo, poi. Tuo padre doveva proprio amare dipingere qui. C'è un casino creativo favoloso.»

Alla faccia di quello che pensa mia madre.

«Dovrei proprio farci qualche scatto per la mia mostra...»

«Fai la fotografa?»

«Sono una fotografa» afferma quasi a voler sottolineare la differenza tra *fare* ed *essere*, «e sto preparando una personale. Mi occupo di interni e questo posto è davvero magico.»

«Non ci vengo da un po'» dico mentre cerco di ricordare l'ultima volta in cui ci sono entrata.

«Anche io mi tengo lontana dallo studio di mio padre. Ma se lavorasse in un posto così, stai sicura che sarei parcheggiata qui tutti i giorni! Ma guarda... ma è un Venini vintage questo!»

«Un... che?»

«Non conosci Venini?» Mi osserva con aria stranita.

«Purtroppo no. Ho commesso un peccato mortale?»

«Eh, insomma, quasi...» risponde facendomi l'occhiolino.

Nel negozio di papà, quasi sembriamo buone amiche. Non due perfette estranee che non si vedranno più.

«Scusa, ti sto facendo perdere un sacco di tempo, non me ne andrei mai» ripete mentre accarezza quel vaso che tanto le piace. È ovale, bianco e nero, e i bordi sono ondulati, come le onde del mare.

«No, figurati, è solo che tra poco devo andare a pranzo.»

Finalmente la madre di Mila le manda un messaggio, che lei legge ad alta voce. "Non ho foto. Avevo lasciato carta bianca al signor Felice. Dovrebbe essere una marina, un quadro abbastanza grande, con una cornice dorata. Di più non so. Scusa ma sono dal parrucchiere, ho la tinta in testa e se appoggio il telefono all'orecchio si sporca."

«Sempre la solita, mia mamma! Pochi dettagli e anche confusi. Allora, cerchiamo questa marina!»

«Ma è come trovare un ago in un pagliaio... ci saranno almeno trenta dipinti qui, e molti hanno il mare» le dico un po' seccata. In realtà però la capisco. Neanche sua madre, come la mia, deve essere dolce di sale.

Mi avvolgo nei colori di tutti quei dipinti ed è come se sentissi la carezza di papà. Il mio sguardo si posa infine su un quadro messo su un cavalletto. La sfumatura del cielo è incredibile, tra l'indaco e il blu. Ed è una marina. Mi viene un nodo alla gola fortissimo, sono sicura che è il dipinto di cui non era convinto e che voleva farmi vedere prima di venderlo. Papà era così, rinunciava anche ai soldi se una sua opera non gli piaceva.

Stavolta, però, faceva male a dubitare di se stesso: è uno dei quadri più belli che abbia mai realizzato. Ed è pronto per far felice altre persone. Sapere che mio padre continuerà a vivere attraverso la sua arte, nelle case delle persone, mi dà sollievo.

Mila finisce di mandare dei messaggi, poi si avvicina.

«Sono sicura che è questo!» commenta entusiasta. «È semplicemente meraviglioso. Non vedo l'ora che papà lo appenda nel suo studio. Comunque è incredibile, questo quadro parla.»

«Sono contenta. Tanto» le dico senza staccare gli occhi dalla tela. Sto per mettermi a piangere, ma non sarebbe giusto farlo qui, nel regno di papà, dove lui era sereno.

«Avverto mamma per dirle che è semplicemente favoloso. Ora ho capito perché, invece di una crociera, gli ha voluto regalare un oggetto del genere. Va bene se pago con la carta, vero?»

Mila mi prende alla sprovvista, non so neanche come si apre la cassa.

«Oddio, non lo so... Forse il negozio neppure riaprirà. Decideremo in questi giorni ma adesso proprio non saprei.»

«Ma a me il quadro serve subito...»

«Sì, ma certo, puoi prenderlo. Anzi, adesso te lo incarto. Per il pagamento però ti faccio sapere.»

«Aspetta, mia madre mi sta scrivendo qualcosa... Dice di pagare subito, gli accordi erano di saldare alla consegna. E tuo padre era così gentile da farle sempre anche lo sconto. Sono quattromila euro.»

Sono sbalordita, mi sembra una cifra enorme.

«L'ho informata su quello che è accaduto a tuo padre, ed è veramente addolorata. Ti fa le sue condoglianze.»

«Grazie, davvero. Io però proprio non so come...»
«Senti, facciamo così: se mi dai il tuo IBAN, ti faccio un bonifico istantaneo e siamo a posto.»
«Potrebbe essere un'idea. Aspetta un secondo... ecco, qui c'è l'IBAN. Tieni» le rispondo porgendole un pezzo di carta ritagliato da un estratto conto. Pietro si è raccomandato di tenerlo sempre nel portafoglio. Non credevo mi sarebbe mai servito. E invece.

Ora questi soldi ci fanno comodo. Tra il notaio e le spese varie, ci daranno un po' di respiro.

In pochi secondi Mila si collega a una app e un messaggio sul cellulare mi avverte che è stato emesso un bonifico a mio favore. Causale: "Pagamento quadro Caffè Napoli di Felice Gambardella". Ordinante: Emilia Bottoni Ciotola.

«Grazie mille» le dico quasi incredula mentre penso che quel denaro è l'equivalente del mio stipendio di due mesi e mezzo.

«Ma grazie a te!»

Intanto sbircio il suo cellulare, ha chiuso la app della banca e ora è su quella del servizio taxi.

«Milano 96 arriva tra due minuti.»

Incarto al volo il quadro e un istante dopo Mila sale in macchina, lasciando una scia di profumo alla tuberosa. Prima che il tassista riparta, tira giù il finestrino.

«Se decidi di vendere quel Venini, chiamami!»

17

Lo studio del notaio è al primo piano di un palazzo d'epoca.
 Ci riceve una giovane donna a cui non darei neppure trent'anni, dagli occhi grandi e curiosi. Indossa un paio di jeans chiarissimi, una camicia bianca – di quelle sartoriali con le iniziali –, e dei sandali con tacchi vertiginosi e una pedicure impeccabile. Non proprio il dress code di una professionista del ramo legale ma, dato che è lei la titolare dello studio, mi sa che non è obbligata a sottostare a certe regole.
 «Buonasera, e scusate se vi ho fatto aspettare. Sono Sveva Mancini, seguitemi pure» ci dice con un sorriso largo. Ha gli incisivi leggermente accavallati ma questa imperfezione la rende ancora più interessante.
 «Ma figurati, anzi, grazie di averci ricevuto con così poco preavviso. Io sono Pietro, l'amico di Claudio.»
 «Per gli amici di mio fratello, questo e altro. E poi da quando esercito a Napoli, mi tengo sempre un paio d'ore libere per le emergenze. Come potrai immaginare, le riempio quasi ogni giorno. Qui è sempre tutto urgente!» Mentre parla ci fa strada nel suo studio, e giurerei che sta sculettando.

«Manco fosse un chirurgo che opera a cielo aperto» mi sussurra mia madre nell'orecchio.

«A cuore aperto, mamma» le rispondo con un'occhiataccia. Speriamo che questa Sveva non ci abbia sentito.

«Città difficile, eh? Non dev'essere stata una passeggiata ambientarti qui.» Pietro la guarda come se davanti avesse la Madonna. Praticamente mamma e io siamo trasparenti.

«Per niente, ma avere il trasferimento entro i cinque anni dalla prima sede di assegnazione è quasi impossibile, quindi, dato che qui sono sola, sto investendo molto nella professione. Non ho famiglia e sto praticamente sempre in studio...»

Sta forse flirtando con il mio fidanzato, informandolo che è single?

Faccio un paio di colpi di tosse. Chissà, magari si accorgono di noi.

«Discorso un po' lungo, Pietro, magari dopo ti racconto...»

Lui annuisce e si aggiusta il colletto della camicia. Quando fa così è perché si sente figo e diventa di ottimo umore. Io, invece, vorrei proprio capire cosa intende Sveva con "dopo ti racconto".

Ci disponiamo attorno a un tavolo ovale di cristallo, su delle comodissime poltroncine in pelle. Sulla quella di Sveva c'è appoggiata una giacca blu, immagino la indossi durante la stipula degli atti.

«Allora, care signore, si tratta di una successione, giusto?» si rivolge a noi come fossimo due carampane.

«Sì, madre e figlia ovviamente vogliono accettare, così possono avere la disponibilità dei beni del de cuius.» Pietro ha la pessima abitudine di rispondere al posto degli altri, facendoli sembrare degli inetti sprovveduti. E meno male che questo non era il suo ambito di competenza, ci ha pure infilato un'espressione in latino!

«Andiamo con calma» interviene Sveva. Alza lo sguardo dalle carte che ha davanti e gli sorride sbattendo due volte gli occhi da cerbiatta. Se lo fa di nuovo giuro che mi alzo e me ne vado.

«Vediamo...» continua scartabellando all'interno di una cartellina azzurra. «Al telefono, stamattina, mi hai dato il nominativo del de cuius, il signor Felice Gambardella, nato il 9 maggio del 1955, giusto?»

«Giusto» rispondiamo contemporaneamente mamma e io. Speriamo che da ora in poi si rivolga a noi e non a Pietro.

«Signore care, ho fatto una ricerca al catasto e da una prima visura il signor Felice risulta unico proprietario di un appartamento sito in via Tommaso Caravita 10, composto da sei vani, giusto?»

«Sì, è dove abito io» risponde mia madre con voce stanca. Le questioni burocratiche la annichiliscono.

«Al coniuge superstite compete la metà della quota, oltre al diritto di abitazione sulla casa adibita a residenza familiare e di uso sui mobili che la corredano. Lo sapevate, giusto?»

Non so perché, ma ci tratta da emerite deficienti.

«Sì, ovvio che lo sappiamo!» rispondo seccata.

«Oltre all'appartamento, il signor Gambardella era anche proprietario di un locale commerciale, sito sempre nella stessa via Caravita ma al civico 12, di duecentodieci metri quadri, giusto?»

La prossima volta che ripete "giusto?" ribalto il tavolo. Mamma e io annuiamo.

«Ecco, sapevate che sul bene grava un'ipoteca per euro cinquecentocinquantamila? Per essere certa che non ci fossero sorprese, ho fatto una visura in Conservatoria e lo scrupolo non è stato vano.»

«Cioè? Che vuol dire?» chiede mia madre serafica, ignorando il significato della parola "ipoteca". Pietro invece si agita sulla sedia.

«Significa che suo marito, dieci anni fa, ha concesso il

negozio in garanzia a una banca per l'ottenimento, in cambio, di una somma di denaro in prestito; perciò di fatto è come se lo avesse vincolato a soddisfare il credito della banca» risponde Sveva.

Cerca di spiegarsi nella maniera più semplice che conosce, e di questo, almeno, gliene do atto.

«Non ho capito...» ripete mia madre. Forse, però, ha captato che si tratta di una cosa non proprio piacevole da scoprire dopo un lutto improvviso.

«Lidia, tu lo sapevi?» Pietro mi interroga con tono accusatorio, nemmeno fosse colpa mia.

«No, che non lo sapevo. E immagino sia un bel problema se vogliamo vendere il negozio.»

«Fino a un certo punto, un bene gravato da ipoteca si può tranquillamente alienare» dice Sveva. «Una parte dei soldi derivanti dalla vendita serviranno a estinguere la garanzia, liberando le parti. Certo, l'ammontare del debito è piuttosto alto, non so quanto vi potrebbe restare... ma qui entrano in gioco altre dinamiche che non mi competono.»

«Cioè?» le chiediamo tutti e tre.

«I prezzi dei locali commerciali sono calati a picco, non so se ne avete sentito parlare. Non le vedete tutte le saracinesche chiuse in via Roma? Cosa volete che vi dica... la delinquenza scoraggia l'apertura di attività e quando le vecchie generazioni vanno in pensione o scompaiono, le nuove non se ne occupano. C'è un'offerta enorme a fronte di una domanda praticamente inesistente.»

«Io veramente ho contattato un paio di agenzie e si sono dimostrate molto interessate e...» insiste Pietro.

«Certo, tutto si vende. Ma dipende a quanto! Stai attento con gli agenti immobiliari, Pietro. Qui la fregatura è dietro l'angolo. Pensano solo alla provvigione.» Parla come se fosse una donna di mondo che gli spiega come sopravvivere in un luogo selvaggio.

Mi viene da piangere, questa volta però è per la rabbia.

«Non vedo altri beni appartenenti al de cuius. Resta poi da capire l'ammontare del conto corrente intestato al signor Gambardella» continua lei.

«Forse l'anno scorso aveva fatto un finanziamento per la macchina» interviene mia madre.

«Questo non è un problema, l'automobile si restituisce, dato che neanche guidi» intervengo io, con una stizza che non so controllare.

«Sua figlia ha ragione, è una cosa risolvibile. Suo marito aveva soci, delle posizioni debitorie o creditorie?»

«Non lo so... cioè... qualche mese fa aveva chiesto dei soldi a suo fratello perché era arrivata una lettera, non so da chi, e se non avesse pagato gli avrebbero messo le ganasce alla macchina.» Mia madre dice certe cose gravi in un modo talmente serafico che sembra non la riguardino.

«Ah, un fermo amministrativo?» incalza Sveva.

«Mamma, e perché non me lo avete detto? Niente di meno si è dovuto rivolgere allo zio Gianni?» Sono sconcertata.

«Me ne sono accorta per caso pure io, che ti credi, Lidia? Mi aveva fatto giurare di non parlartene. Ma mai avrei pensato che avesse chiesto un prestito per più di cinquecentomila euro!»

«No, signora, quello è l'importo dell'ipoteca, che è iscritta a un valore più alto dell'ammontare del debito. Sa, la banca deve tutelarsi anche rispetto a tutte le eventuali spese di esecuzione e di procedura. Il prestito richiesto all'epoca da suo marito ammonta a trecentocinquantamila euro, e questo dovete restituire, al netto di quello già pagato.»

«Lidia, ma tu ti rendi conto in che razza di guaio ci ha infilato, quello?» Mia madre adesso non lo chiama neppure per nome.

La conversazione sta prendendo una piega che non mi

piace, perciò cerco di chiuderla lì. Anche se purtroppo so che dovrò riaprirla una volta usciti da questo studio.

«Prima di accettare l'eredità dovreste verificare anche la consistenza del conto corrente, in modo da avere chiara tutta la situazione. Sapete che siete comunque tutelate e potete accettare con il beneficio dell'inventario?»

«Non ci sto capendo niente» bofonchia mia madre mettendosi una mano sulla fronte.

«Signora, lei può accettare l'eredità tenendo i suoi beni separati da quelli di suo marito. Lei e sua figlia, cioè le eredi, non sarete tenute a pagare i debiti del defunto. O meglio, non siete tenute a pagare oltre quanto avete ricevuto dalla successione. È un istituto volto proprio a tutelare gli eredi.»

«Altrimenti, se accettate senza beneficio dell'inventario e i debiti sono superiori ai beni che vi ha lasciato il signor Felice, finite nei pasticci.» Pietro non ha peli sulla lingua, anche lui parla come se il problema non fosse suo. Peccato che invece è mio e mi sento morire.

«Quando le voci passive superano il valore di quelle attive, si parla infatti di *hereditas damnosa*» Sveva rincara la dose.

«*Damnosa*... nome eloquente» commento.

«Dio santo» esclama mamma. «Che disgraziato, teneva tutti 'sti debiti! Ma mica me lo aveva detto!»

«Così come ti ha fatto giurare di non raccontare a nessuno del fermo amministrativo, avrà fatto giurare a qualcun altro di tacere sull'ipoteca in banca!» le rispondo per ripicca.

«Ben venga questo confronto, signore, non vi scaldate. Avete tempo per decidere, anche se consiglio subito di quantificare l'ammontare del conto corrente e verificare se c'erano altre pendenze da parte del signor Felice.»

Sveva sembra aver compreso la situazione e cerca di smorzare i toni.

«Potete andare in banca con un atto notorio che facciamo qui, alla presenza di due testimoni. Potrebbe bastare una dichiarazione sostitutiva di atto notorio, ma meglio andare sul sicuro. Così acceleriamo i tempi e non vi facciamo ritornare di nuovo.»

«E ora dove li troviamo due testimoni?» esclama Pietro, tirandosi fuori dai giochi.

«Uno potresti essere tu» gli dico senza neanche guardarlo. Se lo facessi credo che nei miei occhi ci leggerebbe una delusione infinita.

«Ehm, sì, certo, certo...»

«L'altro ce l'ho io» esclamo mentre mi alzo. «Fatemi fare una telefonata.»

18

«Grazie di essere venuto, Francesco.»
Siamo rimasti soli nell'ufficio di Sveva. Alla fine si è dimostrata cortese e disponibile: dato che abbiamo finito tardi e nel frattempo lo studio si è svuotato, ha fatto lei tutte le fotocopie dei documenti e sbrigato adempimenti che di solito immagino siano appannaggio di segretari o praticanti.

Pietro se l'è svignata, adducendo come giustificazione una fantomatica call di lavoro.

A testimoniare sono venuti Francesco e il padre. Mi stanno vicino le persone più lontane e chi dovrebbe sostenermi è fuggito a gambe levate. Lo so cosa avrà pensato, che se mi dovesse succedere qualcosa di brutto lui non vuole essere coinvolto. Deve essere un commercialista senza macchia! Come se poi gli avessi chiesto di dichiarare il falso o lo avessi costretto a fare cose losche. Mamma si è avviata con Angelo a casa e io sto aspettando di pagare i primi mille euro di parcella. Sveva ci ha tenuto a dirmi che mi ha fatto lo sconto, grazie a Pietro, e mi sta preparando la fattura.

«Meno male che oggi ho venduto un quadro di papà e ho incassato subito quattromila euro. A volte la provvidenza esiste!» dico tirando un sospiro di sollievo.

«Quale quadro, Lidia?» Francesco all'improvviso è diventato paonazzo.

«Oggi, al negozio, è venuta la figlia di una cliente di papà. Gli aveva commissionato un quadro per una cosa importante... ero con Angelo, puoi chiederlo a lui.»

«E tu hai venduto un bene non tuo, di tuo padre, e hai incassato il denaro?»

«Sì, che problema c'è?»

Francesco non risponde ma noto che la mascella gli si contrae.

«Oddio, che cazzo ho combinato?» esclamo.

«Lidia, come ti ha pagato? In contanti?» Francesco cerca di mantenere la calma ma si vede che è preoccupato.

«Quattromila euro? Certo che no, con un bonifico sul mio conto.»

«Lidia, no!» Non è riuscito a trattenersi. «La vendita del quadro equivale ad accettazione tacita, pura e semplice dell'eredità. Il patrimonio di tuo padre si è fuso con il tuo.»

In un istante realizzo tutte le implicazioni. La situazione è così grave che non riesco neppure a piangere. Fisso un punto nel vuoto e provo a convincermi che sia solo un brutto sogno dal quale mi sveglierò, lasciandomi alle spalle questi ultimi giorni assurdi.

«Non ci posso credere. E mo'? Sono fottuta, France'?»

«Bisogna sperare che Felice avesse solo il mutuo sul negozio da estinguere e non altri debiti.» Cerca di consolarmi, ma io scema non sono.

19

«Ho provato a chiamarti tutto il pomeriggio, dove sei finita?»

Come sempre Alice salta il "ciao". Ricevo la sua telefonata appena uscita dallo studio di Sveva. Da Pietro solo un laconico WhatsApp: "Mi chiami quando avete finito?". Lo ignoro, in questo momento preferisco non raccontargli che, senza saperlo, mi sono preclusa la possibilità di accettare l'eredità con beneficio di inventario. Il solo pensarci mi fa bruciare lo stomaco.

«Cice, siamo stati dal notaio.»

«Senti, sto venendo da te, così ceniamo insieme, va bene? Ho da dirti una cosa incredibile, Lidia. Non ne ho parlato con nessuno, Gregorio non c'è e...»

Il suo entusiasmo mi provoca un conato di vomito che tento di sedare solo perché sto con Francesco.

«Non sono a casa, possiamo rimandare a domani? È stata una giornata di merda.»

«Nientedimeno? E che è successo?»

Non riesco a dire nulla, il silenzio dura qualche secondo ma mi sembra un'eternità.

«Lidia, mi rispondi? Ecco, vedi perché devo venire? Hai bisogno di me.»

«Cice, giuro che non ho la forza né di parlare né di ascoltare.»

«Comunque sono già sotto casa tua. Ti lascio almeno il sushi che ho preso e poi me ne vado. Domani ce ne andiamo a Marechiaro. Non c'è niente che non può essere aggiustato dal mare. Ti ricordi? Ce lo diceva sempre zio Felice quando litigavamo o succedeva qualcosa di brutto a scuola. Ci prendeva e ci portava nel nostro posto...»

E chi se le dimentica le passeggiate al borgo di Marechiaro insieme a papà. Ci caricava tutte e due in macchina – spesso veniva con noi anche il suo amico Vincenzo –, nel tragitto cantavamo a squarciagola le canzoni di Lucio Battisti, e poi ci portava a "vedere i pesciolini". Conosceva un paio di pescatori e, ogni volta che andavamo a trovarli, restavamo estasiate dai quei grandi secchi con le spigole e le orate appena prese. "Le possiamo toccare?" chiedeva Cice, che tra le due è sempre stata la più coraggiosa. Da qualche parte deve esserci una sua fotografia in cui sorride mentre ha in mano un grosso polpo appena catturato. Ogni tanto capitava anche che i pescatori ci facessero fare un giro in gozzo e l'odore delle reti aggrovigliate, del legno bruciato dal sole e dal sale, se chiudo gli occhi, mi pare di sentirlo ancora adesso.

Papà aveva ragione, quando arrivavamo lì ci sedevamo sugli scogli o raccoglievamo qualche conchiglia, e tutto sembrava così facile. Lui e Vincenzo chiacchieravano fumando sigarette senza mai perderci d'occhio e io e Alice eravamo felici come se fossimo state al luna park.

Cice storceva sempre un po' il naso quando veniva con noi Vincenzo, non sopportava che lo chiamassi zio, perché l'unico doveva essere suo padre. Pur di andare a Marechiaro, però, sopportava anche l'incomodo amico di famiglia.

Al rientro, la casa profumava di manicaretti succulenti e trovavamo mamma e zia Maria, la moglie di Vincenzo, a spignattare. Quando c'era il sartù di riso era una festa, perché mia madre si rifiutava di cucinarlo da sola. "Solo se viene Maria a darmi una mano, è troppo complicato, Lidia" mi rispondeva quando le chiedevo di prepararmelo.

Lo riempivano di polpettine e di provola, come piaceva a me, e non mettevano l'uovo sodo, perché papà ne detestava l'odore.

Quando le due amiche erano insieme, tra chiacchiere e caffè, si divertivano anche a cucire. In casa nostra il passaggio di zia Maria era testimoniato anche da altissime pile di strofinacci perfettamente piegati che trovavo sul tavolo del salotto. Sia lei che mamma avevano sempre abiti, lenzuola, asciugamani da rammendare o da trasformare in "pezze" per pulire. Ora che ci penso, ognuno trova il suo modo per aggiustare le cose. O se stesso.

Quanto avrei voluto che mio padre, oltre che ottimista e pseudo filosofo, fosse stato anche meno sprovveduto nella gestione dei soldi.

«Alice, se domani vado al mare mi sa che mi metto una pietra al collo e mi lascio annegare. E poi devo andare in banca.»

Francesco ascolta e mi guarda senza dire nulla. Chissà cosa sta pensando. Mi dispiace solo che possa aver cambiato idea su mio padre. Da mentore a disgraziato.

«Oh, ma che sono queste parole? Lidia, su, non ti ho mai sentita così!» Mia cugina si sta allarmando. Ma che ne sa lei della sensazione che sto provando? Non è mai stata e mai sarà in un casino del genere.

Sto ragionando come mia madre, sprizzo vetriolo perché sono arrabbiata e disperata. E penso pure alla mia casetta nel centro storico a Trieste, comprata grazie a un mutuo infinito con il mio stipendio da insegnante che dovrò pagare ancora per altri vent'anni. Sempre se la banca non me la toglie per pagare i debiti di papà.

«Senti, io da qui non mi muovo. Ti aspetto, anche se tu dovessi rientrare a mezzanotte» insiste Alice, e so che non posso dirle nulla per farla desistere.

Chiudo la conversazione e guardo Francesco. Devo essere orribile, con il viso distrutto e gli occhi arrossati che, quando soffro, diventano piccoli come una punta di spillo.

«Lidia, domani ti accompagno io in banca.»

«No, Francesco, per favore. Già ti ho disturbato troppo e temo che domani non ci sarà da stare allegri.»

«Guarda che non era una domanda.»

«Ma non ce n'è bisogno, davvero. Sveva mi ha spiegato tutto, vado con l'atto notorio e chiedo che mi preparino la certificazione di sussistenza, così finalmente capirò l'entità della cazzata che ho fatto.»

«Certificazione di consistenza, Lidia. Non sei lucida, ti prego, lasciami venire con te.»

«E se domani andasse tutto male?»

«Eviterò che tu vada a cercare un macigno e ti butti in mare... nasconderò tutte le corde della città.»

D'istinto lo abbraccio e lì, in mezzo alla strada con il mio viso sul suo petto, scoppio a piangere.

Lui mi accarezza i capelli come aveva fatto sua madre al funerale; evidentemente certi gesti si ereditano, come il colore degli occhi o la voce.

Poi, una volta che mi sono calmata, ci incamminiamo a passo lento. Avrà sicuramente capito che non ho nessuna voglia di tornare a casa da Alice che vorrà spiegazioni e da mia madre che inveirà contro mio padre.

In via Caravita, come prevedevo, la macchina di mia cugina è parcheggiata sul marciapiede. Lei è dentro, sta parlando al cellulare. Appena mi vede, scende e mi viene incontro, lasciando la portiera aperta.

«Stavo parlando con mamma... le ha telefonato zia Paola, era incazzata nera.»

«Le notizie corrono veloci. Quelle brutte, poi, alla velocità della luce, proprio» le rispondo. «Ma tuo padre lo sapeva?»
«Cosa?»
«Dei debiti di papà, come cosa?»
«Lidia, ma quali debiti? Tua madre è incazzata con Pietro, dice che è un pusillanime.»
«Ha detto proprio così? Ha usato la parola "pusillanime"?»
«Sì, giuro!»
Se la situazione non fosse tragica, mi metterei a ridere.
Alice guarda Francesco, i due si scambiano occhiate piene di apprensione, di chi vorrebbe trovare la soluzione a un dramma ma non sa come fare.
Non so se mia madre non abbia detto nulla a mia zia Pucci per mancanza di tempo o, cosa più plausibile, perché si vergogna. Ma nascondere certe cose mi sembra assurdo, tanto più che non abbiamo mai finto di essere la famiglia del Mulino Bianco.
«Cice, te la faccio breve. Papà ci ha lasciato una marea di debiti perché il negozio è ipotecato malamente e domani devo capire come stava combinato in banca. Cose buone, sinceramente, non ne prevedo.»
Mi aspetto tragedie greche e domande inquisitorie, abbracci di consolazione e pacche sulle spalle. Invece lei si limita a guardarmi dritta negli occhi, quasi impassibile.
«E io domani vengo con te.»
Mi sa che in banca a questo punto ci andremo in tre. Forse è vera quella cosa per cui nessuno si salva da solo.

20

«Insomma, zio Felice stava inguaiato!»
Alice va dritta al punto. In banca ho ritirato la documentazione sui conti correnti di papà e Francesco la sta visionando con attenzione. Secondo me spera di trovare chissà quale cavillo che possa salvarmi. I funzionari mi hanno spiegato un po' la situazione, ma avevano l'espressione più torva della mia.
Sono quasi le undici del mattino e siamo seduti a un bar in via Cervantes. Il bancone è affollato di professionisti in abiti scuri e cravatte di Marinella che bevono granite di caffè freddo con panna, creme di caffè, caffè shakerati spolverati di cacao per addolcire la pausa lavorativa. Questa è una delle vie del centro con la più alta concentrazione di uffici e studi legali. Tutti i palazzi hanno fuori targhe di ottone brunito, i loro ingressi inghiottono i solerti lavoratori per liberarli solo a tarda sera.
Alice e Francesco mi hanno aspettato qui per più di un'ora, fino a quando non mi hanno vista uscire dal mastodontico portone dell'istituto di credito.
Prima che entrassi, ci siamo stretti in un abbraccio. Mi sentivo come un condannato a morte che si consegnava al

suo aguzzino. E avevo ragione, purtroppo la situazione è peggiore di quanto potessi aspettarmi.

Dire che è stata una doccia fredda è un eufemismo. Papà deve ancora estinguere il prestito per più di duecentomila euro. In un conto ci sono duemila euro di giacenza e ventimila di fido, nell'altro sta sotto di quindicimila. Poi ha tremila euro di fondi investiti, che a quanto ho capito non si possono svincolare.

Mi domando come facesse a vivere, a pagare le bollette, a portare il pane a tavola.

«Lidia, tutto bene?» Francesco appoggia la sua mano sulla mia e solo allora mi accorgo che sto tremando.

«Ragazzi, ora devo dirlo a mia madre.»

«Lidia, stai tranquilla. Lei non ha ancora accettato l'eredità, e anche quando ci rinuncerà, la casa non gliela toglieranno mai. Il coniuge superstite non perde il diritto di abitazione e...» Alice è preparatissima. Si sarà messa a studiare ieri notte su Google, già me la immagino.

«Sì, sì, ho chiamato Sveva stamattina presto e mi ha spiegato ogni cosa, soprattutto per tutelare mamma, almeno lei...» la interrompo.

«E se tu vendi il negozio appiani tutti i debiti, no?» Mia cugina cerca di trovare soluzioni.

«Ah, dipende da quanto riusciamo a ricavare. Ma se anche fosse, come campa mia madre? Secondo te papà ha sempre pagato le tasse? Ho ereditato pure quelle!»

«E che ne sai?»

Tiro fuori la raccomandata che ho ritirato prima di incontrarmi con loro ed entrare in banca e gliela passo. Dovevo immaginarmelo che l'avviso di giacenza trovato da Pietro sulla porta del negozio non portava buone notizie. Chissà perché non capita mai che uno zio d'America milionario mi nomini sua unica erede nel testamento. Qui in via Caravita 10 arrivano solo rogne e cartelle esattoriali.

«Quindi stai inguaiata più tu di lui» si corregge Alice.

«Su questo non ci sono dubbi» rispondo, bevendo il secondo caffè di fila.

Francesco mi guarda come per dirmi "stai esagerando con la caffeina, al prossimo che ordini mi oppongo".

«E se lo affitti? Fai un piano di rientro con la banca e i creditori, rateizzi il più possibile il debito e così almeno ti mantieni l'immobile. È vero quello che ha detto il notaio, ora i prezzi sono crollati, soprattutto in zona. Anche mamma, che voleva vendere un appartamento, mi ha detto che ora non le conviene.»

Vorrei sapere con quale agenzia ha interagito Pietro. La gallina dalle uova d'oro di questo piffero!

«Il problema secondo me è che da lontano seguire gli inquilini non è semplice, Alice. Una volta rientrata a Trieste, Lidia avrebbe un ulteriore carico da gestire. Chi può prevedere che pagheranno ogni mese in maniera puntuale? Ormai gli avvocati campano solo con i decreti ingiuntivi. E se si dovessero sostenere delle spese straordinarie, come si fa?»

Francesco mi aiuta a vagliare tutte le ipotesi, anche se il panorama si prospetta piuttosto lugubre. Dio solo sa quanto avrei bisogno di un segno, della classica lampadina che mi si accende in testa con l'idea del secolo.

«Senti, ma perché non andiamo a parlare con i miei? Spieghiamo a papà la situazione di zio e in che pasticcio sei tu adesso e sono certa che si sistema tutto. D'altronde, se ci pensi, è solo un problema di soldi.»

Beata Cice, per lei i soldi non sono mai stati un problema. Mi limito a guardarla con occhi sconsolati. Sento il telefono vibrare, lo prendo dalla borsa, è un messaggio privato su Facebook.

"Sorpresa riuscita! Papà ha apprezzato moltissimo il regalo. Glielo abbiamo dato un attimo prima del taglio della torta e si è anche commosso. Pensavo ti facesse piacere saperlo. Grazie di tutto, Mila."

Come può una cosa così bella aver provocato un disastro di questa portata?

Le rispondo giusto con l'emoticon di un cuore, per darle conferma della ricezione del messaggio. Francamente mi manca la voglia di vivere, figuriamoci le parole!

Lei è online e mi scrive ancora.

"C'erano più di cento persone alla festa e non appena hanno visto il quadro mi hanno chiesto chi fosse l'autore. Ho fatto un sacco di pubblicità a Caffè Napoli, anche se la bravura di tuo padre non ne ha bisogno, perché parla da sola. Se però dovessi vedere un viavai di clienti nuovi in fila, davanti al negozio, sai il perché! Uno di questi giorni, passo a trovarti anche io!"

Sento un tuffo al cuore: eccolo lì, il segnale che aspettavo! Papà, me l'hai mandato tu, vero?

«Lidia, problemi?» Francesco mi vede assente, teme che abbia ricevuto l'ennesima brutta notizia.

Chiudo gli occhi, cerco di respirare lentamente perché ho i brividi e la tachicardia: «Ragazzi, chiamatemi pure pazza, ma io una soluzione per uscire da questo casino forse ce l'ho».

21

«Sei sicura?»

Francesco cerca di capire se la mia idea è dettata dalla disperazione più nera oppure se in quello che gli ho appena esposto c'è un margine di logica.

«Lidia, ma è un'autentica figata!»

«Alice, non vorrei frenare gli entusiasmi, ma Lidia non ha nessuna esperienza nella vendita e poi...»

«Vabbè, ma la aiuto io! Tutti gli stage fatti all'estero mi serviranno pure a qualcosa, no?» Mia cugina è su di giri, e il suo fervore un po' mi incoraggia, un po' mi incute terrore. «Non vorrei vantarmi, ma da Harrods, al reparto profumi, ero la migliore!»

«In effetti, potresti vendere il ghiaccio agli eschimesi» le dico sorridendo, «ma non ti chiederei mai un tale impegno. Il negozio è un casino, per prima cosa bisogna metterlo in ordine con un criterio che, in questo momento, ancora devo capire quale sia. C'è veramente da rimboccarsi le maniche.»

«Scusa, ma così mi offendi, cugina! Te la rivolto quella bottega!»

«E con la licenza come fate?» Francesco riporta i sogni sul piano della razionalità.

«È intestata a mia madre. Papà avrebbe tanto voluto che

lei lavorasse con lui e sperava di farla sentire più coinvolta. Ovviamente, non è servito a nulla perché mamma quel posto ha continuato a detestarlo» gli dico con lo sguardo basso.

«Vedi? È tutto perfetto! Dobbiamo solo partire» gli risponde Alice, come per dirgli "non ti azzardare più a scoraggiarci". Sono talmente abbattuta che mi farei portare per mano nel suo Paese delle Meraviglie. Non fosse altro perché mi conviene.

Se è vero che, almeno in questo momento, vendere o affittare il negozio non sembrano scelte sagge, o quantomeno percorribili, io spariglio le carte e cambio gioco.

Papà ha tanti quadri nel suo studio, intanto proviamo a piazzarli. Ne avrò contati almeno una trentina. Per non parlare di quelli che sono conservati in cantina e nel mezzanino di casa. Certo, magari non saranno belli come la marina venduta a Mila, ma il suo tocco è unico e, soprattutto, piace. Se anche li vendessi alla metà di quello – duemila euro a tela –, sono sessantamila euro. Poi c'è tutto il resto, che qualcosa pure varrà.

Ho davanti a me poco più di due mesi di ferie, prima che inizi la scuola. Devo farli fruttare. Insomma, ho il dovere di provarci. O, semplicemente, non ho scelta. Questa volta io la presa non la mollo.

Mi viene in mente una frase che mi è sempre sembrata una sonora scemenza, di quelle dette da chi ha il sedere al caldo e si permette di pontificare sulle scelte di chi sta peggio. Diceva più o meno così :"Se la vita ti dà limoni, fatti un gin lemon". La vita più che un limone mi ha mandato un merdone, ma cercherò di usarlo come concime.

Solo dieci giorni fa mi sarei limitata a lamentarmi della puzza e a piangermi addosso, ma adesso è diverso. Forse qualcosa la sto imparando.

Forse.

22

«Scommetto che è stata quella svitata di tua cugina a mettreti in testa questa cosa. Anzi, questa follia.»

Stiamo cenando vista mare, Pietro ha insistito per portarmi fuori. Per farmi distrarre, a detta sua. Sarebbe voluto andare a Marechiaro, ma quello è il luogo del cuore mio, di papà e di Cice, non sono pronta a sovrapporci altri ricordi, soprattutto se ho il sentore che non saranno piacevoli. Quindi ho proposto di vederci al Borgo Marinari, che si trova di fronte al suo albergo. È un bel posto anche questo, ma non ci sono particolarmente affezionata, pure se diventa il teatro di una discussione non me ne frega nulla.

«Lidia, non metterti nei guai» continua a raccomandarmi, appoggiandomi distrattamente una mano sul ginocchio.

«Più di quanto io non lo sia già?» gli rispondo accompagnando le parole con una smorfia.

«Scusa se te lo dico, Lidia, ma secondo me vi state facendo dei problemi inutili: chi te lo dice che vanno a guardare il tuo conto corrente e si accorgono che hai compiuto un atto che ti qualifica come erede pura e semplice?» dice, avvalorando la tesi di non impelagarmi nella gestione del negozio. «A Napoli, poi! Con la mole di pratiche, ricorsi, cause e imbrogli che ci sono, proprio a te vanno a beccare?»

«Allora, provo a rispiegartelo, così mettiamo un punto a questa storia e cerchiamo di andare avanti. I creditori di mio padre non sono Gigino il salumiere o Enzina la sarta, che forse lascerebbero perdere. Io qui ho a che fare con istituti di credito ed enti pubblici e, soprattutto, con una grossa somma di denaro da restituire. Hai capito chi mi sguinzagliano contro se provo a fare la furba?» Mantengo un tono di voce basso e calmo, ma sento che inizia a tremarmi il labbro superiore. «Poi sai, Pietro, siamo tutti bravi a dispensare consigli quando le cose non ci riguardano direttamente.»

«Cioè, che vorresti dire?» Ho colpito nel segno, ora si sta agitando pure lui.

«Dico solo che non hai voluto testimoniare per un banalissimo e innocuo atto notorio e ora mi stai dicendo di fregarmene di una cosa così importante, che potrebbe avere risvolti seri! Risvolti penali, Pietro, non le paturnie che ti fai tu, che paghi pure più imposte del dovuto e non ti cambi la macchina per paura della Finanza. Su!»

Sta zitto. Se fosse un cane, abbasserebbe le orecchie e si andrebbe a nascondere sotto il divano.

«E con le vacanze, come facciamo?» dice poi controllando le notifiche del cellulare.

«Pietro, abbi pazienza. Capisco che quando i tuoi piani vengono stravolti non riesci a essere empatico...» Chissà se coglie il sarcasmo. «Ma ti pare il momento in cui io, con questi chiari di luna, per non dire altro, possa pensare di andare in barca a vela in Sardegna?»

«Ho pagato tremila euro di caparra per quel viaggio...» si rabbuia. «E comunque, io non posso restare a Napoli. Ho lo studio da mandare avanti.»

«Certo, ovvio. Non ti preoccupare, non pretendo mica che tu rimanga qui, a morire di caldo! Io però qui ci devo restare.» Forse in questo momento la cosa migliore è stare distanti, almeno fino a quando le cose qui non diventano più facili – se mai lo diverranno.

«Eddai, Lidia, almeno andiamocene a Capri, domani...»

Pietro continua a far finta di niente, e mi propone pure una gita. Per carità, è sempre stato un mio sogno andare a Capri con lui, non so quante volte gliel'ho chiesto, di portarmici. Purtroppo il tempismo è tutto sbagliato.

«Non ho la testa, Pietro, e poi comunque domani Alice e io apriamo il negozio. Anzi, se vuoi venire, così ci aiuti e puoi anche accompagnare quegli agenti immobiliari che avevi contattato... giusto per avere una valutazione. Qui si naviga a vista, ma può essere che abbiamo un colpo di fortuna e...»

«E cosa? Pensi che possa venire uno sceicco che ti offre un milione di euro per quel magazzino?» incalza lui.

«Me ne basterebbero cinquecentomila, gli potrei fare lo sconto» rispondo sarcastica. Quello che lui aveva definito un locale storico e "una gallina dalle uova d'oro", adesso è stato declassato, con fare sprezzante, a semplice magazzino.

«Ci provo a venire...»

«Ecco sì, grazie. Mi faresti un enorme favore.»

Continuiamo a cenare in silenzio, lui prende un pezzo di pane e fa la scarpetta nella pasta patate e provola che si è spazzolato in pochi minuti, nonostante fosse incandescente.

«Non ti piace?» mi chiede guardando il mio piatto di polipetti affogati nel pomodoro con olive, capperi, prezzemolo e peperoncino. L'ho appena assaggiato. «Vuoi ordinare qualcos'altro?»

«Sto bene così. Invece un altro sorso di vino lo bevo.»

«Ti dispiace se...» mi dice guardando i miei polpi.

«Vai pure, ho lo stomaco chiuso» e spingo il mio piatto verso di lui, che lo sostituisce con il suo. L'odore della pancetta che è rimasto mi disgusta, e appena scorgo un cameriere gli chiedo di sparecchiare e di portarmi un altro calice di Falanghina.

Se c'è una cosa che detesto è stare al ristorante arrabbiati, in un silenzio rumoroso che mi fa sentire osservata dagli altri. Guardo sempre con tristezza le coppie che mangiano senza parlarsi.

Lo so che Pietro non è cattivo. È che proprio difetta di sensibilità, o di *creanza*, come dicono qui. Sto troppo male per discutere pure con lui, perciò cerco di portare il discorso su un campo neutro.

«Che hai fatto, oggi?» gli chiedo mentre bevo una generosa sorsata di vino freddo.

«Niente, sono andato a fare un giro.»

«Ah, bene, e dove?»

«In realtà sono passato sotto casa tua, ma il portiere mi ha detto che eri uscita e quindi...»

«Non potevi chiamarmi? Ero in banca, non sai che disagio. Mi sentivo soffocare lì dentro, con quei funzionari che facevano domande a cui non sapevo rispondere. Per fortuna c'erano Francesco e Alice ad aspettarmi al bar.»

«Ah, anche io sono andato al bar» mi dice serafico. «Sono stato lì un'oretta.»

«Questo è il bello di Napoli, non ci si sente mai soli, si va nei locali anche senza conoscere nessuno...»

«Ma io non ero solo» ribatte con un'espressione quasi di sfida. Mia madre la definirebbe *schiattosa*.

«Ah no, e con chi sei andato?» gli domando sapendo di essere caduta nella sua trappola.

«Con Sveva.»

«Sveva?»

«Sì, la notaia la sorella di...»

«Pietro, lo so chi è Sveva!» Vorrei versargli il vino in faccia. Mi vuole punire perché non sono andata con lui in banca, o perché gli ho rovinato i piani delle vacanze?

Mi tengo il bicchiere pieno, faccio un lungo respiro e ringrazio papà, che dall'alto stasera mi sta aiutando a mantenere la calma.

"Lidiù, non ti fare il sangue amaro, *'a papà*. Non ne vale la pena di stare *arraggiata*! E sai perché? Perché *'o carro s'acconcia sempre p'a via.*"

Era la sua frase del conforto, me la ripeteva quando mi sentiva dispiaciuta o preoccupata per qualcosa. Davanti agli occhi, adesso, ho solo la scena di un carro sbilenco che cerca di non finire in un dirupo.

«È davvero una ragazza splendida. Competente e gentile. Non credo si sia ambientata molto qui, hai fatto bene a proporle di uscire» gli dico, sperando di nascondere la delusione.

Pietro mi guarda confuso, una goccia di sugo di pomodoro gli scende lungo il mento. Si sarebbe aspettato una scenata. Forse la Lidia di qualche giorno fa l'avrebbe anche fatta, per poi pentirsi e correre da lui a chiedergli di fare la pace.

Quindi è vero che qualcosa sta veramente cambiando.

23

«Buongiorno mamma, ho appena fatto il caffè.»
Sono le otto del mattino e io ne ho già bevuti due. Ormai passo le notti in bianco, e nei rari momenti in cui prendo sonno gli incubi non mi danno tregua.
Mamma si siede a tavola con aria perplessa. Ho apparecchiato con una tovaglietta di lino trovata per caso in un cassetto mentre cercavo delle buste di plastica da portare in negozio. Ci ho sistemato sopra un piattino di porcellana e le fette biscottate con il vasetto del miele.
«Che bello questo vestito, e ti sta ancora bene» mi dice, sorpresa che un abito di almeno dieci anni fa mi sia entrato. Per lei "stare bene" significa che la lampo si chiude senza dover trattenere il fiato. Per fortuna ho l'armadio pieno dei miei vecchi vestiti, dal piccolo trolley con cui sono arrivata c'è ben poco che posso utilizzare.
Le riempio la tazzina di caffè fin quasi all'orlo, gliela porgo e, già che ci sono, finisco quello che resta nella macchinetta da due.
«Vado in negozio, cerco di capirci qualcosa» le dico sedendomi accanto a lei.
Stanotte mamma si è svegliata e ha visto la luce accesa

nella mia stanza. È salita e ho dovuto raccontarle del quadro e delle sue implicazioni.

«Non ti invidio, figlia mia... ma mo' non ti devi angustiare. L'hai fatto in buona fede. E poi, sappi che non ti devi per forza occupare del negozio. Ascoltami bene: vendi e basta. Quello che avanza è tutto grasso che cola.»

Pensa che ci sia solo il mutuo da estinguere, gli altri debiti con la banca e la cartella esattoriale che ho lasciato chiusa a chiave in negozio glieli ho risparmiati. Almeno per ora, lascio calmare le acque.

«Ne abbiamo già parlato, vediamo se mi raccapezzo in tutto quel casino e poi decido. Sinceramente adesso non sono così lucida, non riesco a fare scelte definitive e, soprattutto, sensate.»

«Io te l'ho detto, se lo fai per me, non ti preoccupare.»

Mi parla con aria benevola ma di sufficienza.

«Mamma, scusa, forse c'è qualcosa che non so? Hai per caso delle rendite personali che non ti fanno turbare per il futuro? Magari poi mi spieghi come pensi di campare senza un'entrata? O forse hai vinto al lotto?»

Lei tace, ma la vedo serena. Stranamente serena. Forse avere la possibilità di rinunciare all'eredità la fa sentire al sicuro. Al contrario mio.

«Il negozio adesso è solo tuo e io la pensione ce l'ho» dice serafica sorseggiando il caffè, e a me pare viva in un altro mondo.

«Stai parlando della pensione sociale oppure hai lavorato come dirigente per quarant'anni a mia insaputa?»

«Lidia, ti ho detto che non ti devi angustiare. Qualcosa da parte la tengo. Te lo ripeto: vendi la bottega, paga il debito e non ci pensi più!»

L'atteggiamento di mamma da una parte mi rincuora, dall'altra però temo che tra qualche mese, quando non riuscirà più a pagare le bollette, mi chiamerà in lacrime. Un messaggio interrompe la conversazione, è Pietro. Mi informa che verrà in negozio alle undici con due agenti immobiliari.

«Ciao mamma, io vado, prima inizio, prima torno.» Le do un bacio sulla guancia, prendo la borsa e mi avvio.

Fuori dal portone trovo Alice. Sta parlando al cellulare e appena mi vede congeda velocemente il suo interlocutore con un "ciao, papino bello!".

«Mi potevi salutare zio Gianni, però!»

«Ma non era mio padre... era Gregorio!» mi risponde trattenendo un sorriso.

«Non capisco... che vuol dire? Oddio, Cice, ma è quello che penso?» E non finisco nemmeno di parlare che l'ho già abbracciata strettissima. Sono contenta per lei, tantissimo, anche se mi assale una malinconia tremenda. Una vita che sta per nascere e una che se n'è appena andata. Un passaggio di testimone doloroso tra chi perde un genitore e chi genitore sta per diventarlo.

«Te lo volevo dire appena l'ho scoperto, avevo ancora il test in borsa l'altra sera e non ero riuscita neppure ad avvisare Gregorio. Ecco perché avevo portato il sushi, per festeggiare» mi dice mentre siamo ancora abbracciate.

«Ma il pesce crudo non si può mangiare in gravidanza» le rispondo io staccandomi da lei.

«Ma ti pare? Era tutto cotto, non ci hai fatto caso? Ipocondriaca come sono!»

«Mi era appena caduto il mondo addosso. Secondo te potevo mai notare che il sushi era cotto? Scusa, torniamo alle cose importanti: di quanto sei?»

«Pochissimo! Sette oppure otto settimane, credo. Non so neanche fare i calcoli, con il ciclo irregolare che mi ritrovo. A trentanove anni suonati non ci speravo nemmeno più di restare incinta.»

Io di anni tra due mesi ne compio quaranta e la sua frase fa male come una randellata sui denti.

«Tornata da Mauritius, con tutte le cose che sono successe, il ciclo in ritardo non mi ha stupita più di tanto» mi racconta. «Poi ho fatto il test e: sorpresa! Non l'ho ancora detto neppure ai miei.»

«Cice, non puoi aiutarmi in negozio. Bisogna spostare mobili, fare spazio e probabilmente buttare un sacco di roba. Devi stare a riposo.»

«Stai scherzando, vero? Non mi sono mai sentita più energica di così in tutta la mia vita! Ma chi l'ha detto che in gravidanza si ha sempre sonno?» mi confida con gli occhi lucidi e brillanti. «E poi, ti prego, non mi trattare come una inferma che deve "covare" seduta o stesa tutto il giorno sul divano.»

«Ma sei sicura? Gregorio che dice?»

«Lui è felicissimo e...»

«Questo lo immaginavo, ci mancherebbe altro, mi riferisco alle precauzioni da prendere e...»

«Torna domani sera e dopodomani andiamo insieme dalla ginecologa. Le analisi del sangue le ho fatte ieri. È tutto in ordine, stai tranquilla. Adesso dobbiamo mettere a posto qua.»

Mi prende una mano, la stringe forte. Con l'altra cerco le chiavi della bottega in borsa, approfittandone per nascondere il principio di lacrime che spero restino intrappolate tra le ciglia.

«Lidia?» sussurra, come se volesse stemperare tutta l'esultanza di qualche minuto fa.

«Eh?» le rispondo con la voce che trema, facendo finta di non trovare il mazzo, per non doverla guardare e ammettere che mi sento come se stessi affrontando una tempesta in mare aperto e con il vento a sfavore.

«Non sei sola» mi dice con voce bassa e ferma.

Vorrei fosse così, invece sono solissima.

Ma non glielo dico, lo tengo per me, mentre mi pervade

una tristezza indicibile. Tra tutte le sfumature di infelicità provate fino a ora, forse questa è la più nera.

Finalmente prendo le chiavi e apro la porta. Vorrei poter tornare indietro, vorrei non aver mai preso quel caffè con Angelo, così non avrei mai incontrato Mila. La mia vita sarebbe comunque uno schifo, ma almeno non sarei soffocata dai debiti.

Entriamo nella bottega e la luce ravviva tutte le carabattole recuperate da papà chissà dove. Il sole illumina un lampadario pieno di gocce di cristallo appoggiato su un tavolo, e l'ambiente si riempie di arcobaleni.

«Che meraviglia! Pare una stanza incantata» esclama Alice.

Si dice che le persone scomparse si manifestino così, tra i colori dell'arcobaleno. Me lo raccontò suor Pamela al catechismo, quando morì la mia nonna materna e io piangevo perché mi mancava e non l'avrei più rivista. Non ci ho mai creduto, oggi invece voglio pensare che avesse ragione lei.

«Oddio, ma questo è un Venini!» Mia cugina lancia un urlo, come se avesse trovato una pepita d'oro.

«Anche tu? Quanto entusiasmo per un vaso! Saranno gli ormoni.» Mi pento subito dell'ultima frase, ma ormai è troppo tardi.

«Questa è un'edizione limitata, non la fanno più. Senti, quanto costa?» Alice sembra non aver sentito la mia battuta, meglio così. Oppure ha solo pena di me, che non riesco a dire parole gentili.

«Non ne ho idea, ma se ti piace prendilo pure.» Glielo offro sinceramente, sarei felice se lo avesse lei.

«Non potrei mai accettare! I Venini normali costano un occhio della testa, figurati questo. E poi, Lidia, mi secca dovertelo ricordare, ma siamo qui per ripianare le perdite. Non per fare beneficenza. Quindi al massimo te lo compro e tu mi fai lo sconto.»

«Non c'è il prezzo» le dico. «Pur volendolo vendere, a quanto lo metto?»

«Ma scusa, zio Felice come faceva? Ci sarà da qualche parte un prezzario!» mi risponde girandosi il prezioso vaso tra le mani.

«Mi ricordo che aveva un quaderno dove faceva una specie di inventario, dovrebbe stare nei cassetti del bancone su cui c'è la cassa» rispondo allontanandomi per cercarlo.

«Eh no! Quella meraviglia l'avevo adocchiata prima io, eh?»

Una voce conosciuta arriva dalla porta.

«Mila, sei stata di parola! Grazie di essere passata» le dico mentre tento di aprire il cassetto per cercare il quaderno. Faccio fatica, sembra incastrato.

«Posso entrare, vero?» È una domanda retorica, dato che è già dentro. «Sono troppo felice che hai deciso di riaprire subito. Posso chiederti come mai?»

Se sapesse che è colpa sua se sto qui, invece di essere seduta su un treno per Trieste...

«Eh, è una storia lunga...» le rispondo cercando di nascondere la tristezza e farmi vedere motivata.

«Hai fatto bene, comunque. Botteghe come questa ormai non ce ne sono più in città.»

Le vado incontro e noto che non solo ha con sé un'attrezzatura fotografica degna di una reporter di grido, ha anche in mano un grazioso cestino da picnic, di quelli che si vedono solo nei servizi di "Elle Decor" o "Vogue France". Me lo porge: dentro ci sono una bottiglia di spremuta d'arancia, una di champagne e dei tramezzini incartati con della velina trasparente. Vedo anche due calici e dei tovaglioli di stoffa a quadretti bianchi e blu. Un vero cliché, ma mi piace.

«Dato che tu e io facciamo ottimi affari, ho pensato che fosse una buona idea chiederti di scattare delle foto in bottega. Ti avevo parlato, no, della mia mostra?» È un caterpillar, ma devo tenerla a bada perché il suo entusiasmo mi ha portato solo guai.

«Grazie, ma oggi...» Cerco di sganciarmi, ma non me ne dà il tempo.

«Poi dopo possiamo fare merenda, guarda quante cose ho fatto preparare dalla Locandina.»

È il locale più chic di Posillipo, dove un caffè costa più che al bar della piazzetta di Capri. Non oso immaginare quanto abbia pagato quel cesto.

«Non mi ci vorrà molto. Con questa luce, poi...»

Alice, che fino a questo momento ha assistito in silenzio alla conversazione, ci raggiunge e si presenta.

«Scusami, Mila, lei è mia cugina» dico cercando di rimediare alla dimenticanza.

«In realtà stamattina siamo impegnate a mettere in ordine il negozio, oggi è il primo giorno di riapertura e abbiamo una certa fretta. Sicuramente capirai...» interviene Alice, salvandomi da una situazione non facile. In questo sono come papà, non riesco a dire di no. Mi pare brutto, o forse è solo debolezza di carattere.

«Allora sono venuta in tempo! Che fortuna... le foto devono essere naturali, devono ritrarre lo stato dei luoghi senza interferenze esterne. Vi supplico, questo posto è troppo bello!»

«Davvero, cara, proprio non possiamo anche perché alle undici attendiamo visite» continuo io, forte dell'appoggio di Alice.

«Ok, ok, capisco, per voi è lavoro. Giusto, quindi... diciamo per due ore di affitto locale... mille euro possono andare?» insiste Mila, e non so se sono più incredula per la sua determinazione o per la sua disinvolta disponibilità economica. Le persone così sono il mio opposto e le ammiro. Decido di cedere, anche perché mi sembra di capire che non è facile dirle di no.

«Va bene, dài. Nessun affitto, hai pure portato lo champagne! Ti lasciamo il negozio, ma per un paio d'ore al massimo.» Tiro un sospiro di sollievo per non dover più discutere, anche se Alice mi lancia un'occhiataccia di rimprovero. Starà sicuramente pensando che morirò strozzata dai debiti, e che me lo merito pure, perché ho un'assoluta incapacità di fare soldi. Anzi, quando me li offrono io li rifiuto.

«Oddio, lo sapevo che eri magica! L'ho capito appena ti ho visto. Grazie, Occhi Blu!»

Ho un tuffo al cuore, questo è il soprannome che mi aveva dato papà. "Che tieni, Occhi Blu?" mi diceva quando mi vedeva triste.

Sono sempre più convinta che mio padre si stia davvero nascondendo qui dentro, tra i colori del finto arcobaleno e quelli delle sue tele.

«Ovviamente poi ti regalo le foto che vuoi.» Mila ha tolto l'obiettivo dalla macchina fotografica e sta facendo delle prove.

«Be', ci mancherebbe pure che Lidia le dovesse pagare!» dice Cice con tono stizzito, ma so che lo fa perché le dispiace quando le persone, secondo lei, si approfittano della mia disponibilità. «Anzi, Mila, ti dirò di più: se sei d'accordo, potremmo anche venderle in negozio. Lidia, tu che ne dici?»

Per fortuna lei sì che ha il senso degli affari. Deve averlo ereditato da zia Pucci. Su questo non ci sono dubbi.

«Ragazze, ma se volete una piccola mostra la possiamo allestire anche qui. Troviamo un tema, una data e ci organizziamo.» Mila è tanto disponibile, forse troppo per essere la seconda volta che ci vediamo.

«Mi pare un'ottima idea, pensiamoci. Una volta capito come impostare il negozio, faremo un'inaugurazione per attirare nuova clientela e...» Alice le risponde con più benevolenza, sembra che inizi ad apprezzare il suo entusiasmo. Diciamo che hanno rotto il ghiaccio.

«Vabbè, ma vi aiuto io! Facciamo venire anche i giornalisti, ho una mailing list a cui mandare gli inviti, e poi chiamiamo gli influencer, e poi...» la incalza Mila.

«Scusate? Ehi? Ci sono anche io, eh?» intervengo. Queste due sarebbero capaci di tutto.

«Lidia, qui ci vuole energia! Su, non hai detto anche tu che volevi sparigliare le carte? Che per vincere bisogna cambiare gioco?» mi rimprovera Alice.

«Sì, ma... alle undici viene Pietro con gli agenti immobiliari.»

«Appunto, sai che appeal avrà il negozio se diventa il set di una mostra di una fotografa famosissima.»

Sicuramente sono gli ormoni. Non so se reggo. E mancano ancora nove mesi.

«Grazie, Alice, famosissima non ancora ma diciamo che ho un certo giro. Per ora espongo a Los Angeles e a Milano, nella Galleria Mauro Crociani.»

«Caspita! Vedi, Lidia, che ti dicevo? È vero che ho studiato Storia dell'arte, ma ho proprio un fiuto naturale per gli artisti!» gongola Alice tutta soddisfatta. «È un bene che i clienti vedano tutto questo movimento e, scusami, con buona pace di zio Felice, un po' di glamour qui dentro ci vuole. E ce lo mettiamo noi.»

«Occheeei» rispondo, cercando di non far caso al mal di testa che mi sta venendo. «Mila, dove ci mettiamo per non darti fastidio?»

«Inizio a fotografare da questa parte, voi potete andare nella stanza dei quadri? Poi vorrei scattare anche lì...»

«Va bene, andiamo subito. Chiamaci tu, ok?»

«Non toccate niente, per carità! Deve esserci ancora l'impronta del pittore!» si raccomanda ad alta voce mentre cerca l'inquadratura migliore.

Alice e io ce ne andiamo nel retro, abbiamo quasi paura di spostare le sedie prima di sederci.

«Accidenti se era bravo zio Felice» esordisce Alice. «Senti, perché non organizziamo veramente una mostra fotografica e insieme spingiamo pure i quadri? Iniziamo a catalogare e a fissare i prezzi di questi che sono qui, poi andiamo a recuperare gli altri in cantina, che ne dici?»

«Non ne ho idea, non so davvero da dove cominciare. Vuoi sapere qual è la cosa che mi spaventa di più?»

Lei mi guarda con aria di sfida, come a dire "non c'è nulla che ci deve far paura, in questo posto!".

«Gli armadi! Temo di venire aggredita dalle tarme» le rispondo cercando di farmi forza. Alterno l'ottimismo al nero più assoluto anche nel giro di un quarto d'ora.

«Stai dicendo che ci sono abiti vintage? Lidia, fammi vedere! Se sono come i Venini c'è bisogno di darsi da fare!»

«Sei sicura? Ma non sono solo pezze inutili?»

«Se non li vediamo, non lo sapremo mai!»

«Cice, scusami. Forse sto dicendo una cazzata, ma perché una persona dovrebbe acquistare degli abiti vecchi quando può averne di nuovi, alla moda e low cost?»

«Domanda lecita, ma tu sei un po' fuori dal mondo lì a Nord Est! Proprio perché sono low cost la gente non li vuole. Ora c'è il *pre loved*.»

«Il *pre* che?»

«L'usato non è più qualcosa di vecchio, ma di prezioso da riportare a nuova vita. E poi vuoi mettere la sostenibilità?»

«Quanto sono fuori dai giri, aiutami tu!»

«Ovvio che ti aiuto io, dài su, apriamo questi famigerati armadi mentre Annie Leibovitz scatta le foto.»

Scoppio a ridere. Nonostante tutto, avere qui Alice mi fa sentire non troppo sfigata.

«Questa la so» intervengo soddisfatta. «Non sarò mica

insegnante per niente! Ho portato i miei studenti a una sua mostra.»

«Uelà! Dalla professoressa Gambardella non me la sarei mai aspettata tutta questa contemporaneità!» Ride pure lei e andiamo verso il guardaroba più grande.

È chiuso, accidenti.

«E ora che facciamo?» le dico io.

«La chiave sarà qui da qualche parte. Andiamo a vedere nel cassetto sotto la cassa, riproviamo ad aprirlo, così magari troviamo anche il prezzario.»

Torniamo di là. Mila è ancora dietro l'obiettivo, e vederla così concentrata mentre fotografa mi fa contenta. Come se l'arte curasse le ferite.

Lei ci sorride. «Qui ho finito. È proprio il caso di dire "buona la prima". È davvero tutto fantastico. Posso spostarmi di là?»

Annuisco, e riprovo ad aprire il cassetto con tutta la forza che ho. Finalmente la serratura si sblocca. Dentro ci sono non uno, ma ben due mazzi di chiavi. Non ci sono targhette, perciò non ci resta che provarle tutte.

«Buongiorno signore, si può? Siamo un po' in anticipo.»

Pietro entra in bottega insieme a due uomini. Lui è impeccabile con la sua camicia sartoriale perfettamente inamidata nonostante il caldo che fa e gli altri hanno un completo blu e portano sulla giacca una spilletta con il logo di un'agenzia immobiliare.

Una cafonata mai vista, ma magari sono bravi e mi trovano veramente lo sceicco che acquista il negozio per un milione di euro. Dopo l'ondata di eventi sfortunati, qualcosa di buono deve pure arrivare, no? Più che altro per la legge della compensazione.

«Buongiorno, sono la socia della proprietaria del negozio» si presenta Alice, «e questa mattina siamo impegnate con uno *shooting* importantissimo. Ma prego, venite pure.»

«Sono Palmieri Alessandro e lui è il mio collaboratore, De Ciccio Pasquale. Onorato di conoscervi.»

Per poco non gli scoppiamo a ridere in faccia. Anche Pietro è basito.

«Non vi preoccupate, signorina, ci mettiamo veramente poco tempo. Facciamo questo mestiere da anni. Volevamo solo capire se c'è la canna fumaria...»

«Perché, mi scusi?» domando io, tradendo la mia ingenuità.

«Perché adesso il mercato questo richiede: fori commerciali per aprire pizzerie o paninoteche. Vanno forte.»

Mi sento male. Cancellare anni di storia e di tradizione così, in quattro e quattr'otto.

«Io veramente non saprei...»

«Sì, ci sta la canna fumaria.»

Ecco un'altra voce che riconoscerei tra mille.

«Zio Vince'!» Appena lo vedo mi sento più sollevata. Lui conosce questo posto come le sue tasche. Per una vita ha bevuto il caffè dal suo migliore amico, decantandone le lodi con chiunque entrasse nella sua tabaccheria. Negli anni gli ha mandato un'infinità di clienti e ha sempre insistito affinché papà cambiasse l'insegna, da Bottega Caravita in Caffè Napoli. Molte volte infatti ha rischiato di perdere potenziali acquirenti che arrivavano in via Caravita grazie al passaparola, e poi non trovavano il negozio. Papà ha sempre fatto spallucce, rispondendogli "sì, sì, poi vediamo", lasciando ovviamente tutto com'era.

Forse zio Vincenzo gli ha elargito anche altri consigli per tutelare i suoi affari, anche se sapeva che il suo amico non li avrebbe mai seguiti.

Lui, invece, è uno scaltro e si è saputo guardare le cose sue. Mamma mi ha detto che prende una rendita altissima dopo che ha dato in gestione, anni fa, la tabaccheria. Ha un contratto blindato, di quelli che ora non si firmerebbero più e che gli assicura una vecchiaia più che agiata.

«Questa è un'ottima notizia. Allora, facciamo così, vi chiamiamo noi, facciamo una valutazione e, se vi interessa, ci firmate un mandato. Noi lavoriamo solo in esclusiva.»

«Certo, ovvio» risponde Pietro come se nella sua vita avesse fatto solo trattative immobiliari. «Poi per la percentuale?»

«Dotto', noi prendiamo il tre per cento.»

«Oltre IVA, immagino» continua Pietro.

«Poi su quella ci accordiamo» dicono loro facendogli un occhiolino con una serenità d'animo invidiabile. Estraggono due biglietti da visita in contemporanea e li porgono a Pietro.

«Vi chiamiamo al vostro numero, vero, dotto'?»

«Sì, io assisto la proprietaria» risponde Pietro facendomi un sorriso.

Io ricambio.

«Può chiamare direttamente anche la mia socia» si intromette Alice. «Ci trovate sempre qua. Ecco, questo è il numero.»

Mia cugina non fa nulla per nascondere al mondo che lo considera un imbecille.

«Ma ovviamente, decide tutto Lidia» le risponde lui seccato. «Vi lasciamo, vedo che siete molto impegnate.»

La mattinata si sta aggiustando, rivelandosi migliore di quanto avessi potuto immaginare.

«Zio Vincenzo, ti faccio un caffè?»

«Grazie, Lidia, un'altra volta. *Tengo che fa'*. Ero passato solo per salutarti e dirti che se hai bisogno di me sono qua. Ma lasciali stare a quegli avvoltoi, senti a me!» Mi abbraccia e mi dà una pacca sulla spalla, poi se ne va.

Dopo qualche minuto mi arriva un messaggio di Pietro. "Non si presentano benissimo, i due personaggi dell'agenzia, ma secondo ma sanno il fatto loro. Cerco di capire la quotazione. Stasera andiamo a cena." Rimetto il telefono in tasca sentendomi più leggera. Grazie a lui, ad Alice e a zio Vincenzo mi sento, finalmente, meno sola.

«Eccomi qui, ho finito!» Con un tempismo perfetto, Mila ricompare dal retro. «Ragazze, non so che idee avevate per la mostra delle mie foto e quali sono i vostri tempi, ma sarebbe possibile organizzare prima una sorta di visita ristretta, solo per i quadri del signor Felice? Mia madre mi ha appena mandato un messaggio dicendomi che ha promesso alle sue amiche di accompagnarle al Caffè Napoli. Alla festa si sono tutte innamorate del quadro che abbiamo regalato a papà e da allora la stanno tampinando.»

«Be', non abbiamo nulla in contrario, anzi...» Cice mi guarda, implorandomi di non smentirla.

«Sì, sì... magari non subito...» rispondo poco convinta.

«Consiglio, però, di non aspettare troppo. Il gruppo di facoltose anzianotte lo posso mettere insieme anche per la fine della settimana prossima, prima che partano per le vacanze, perché poi si trasferiscono nelle loro case al mare, tra Sorrento e Capri.»

«Mi sembra un'ottima idea, dicci tu quando e ci faremo trovare pronte.»

Alice questa volta non mi guarda, preferisce evitare la mia faccia perplessa.

«I tempi saranno brevi, e mi piacerebbe collaborare. Anzi, perché non ne parliamo a pranzo? Vi porto in un posto carino, che ne dite?»

«Ma abbiamo già i tramezzini!» rispondo io.

«Quelli si conservano per tre giorni in frigo... mica me la voglio cavare con due panini, con voi!»

Vorrei precisarle: "Sono al salmone e al caviale della rosticceria più importante di Napoli, e tu li chiami *due panini*?".

«Va bene, molte grazie» accetta Alice con entusiasmo. «Così ci racconti un po' di te e...»

«Oh no, accidenti!» esclama Mila guardando il cellulare.
«Che succede?»
«Mia madre... mi ha appena ricordato che avevo appuntamento con lei a pranzo. Lo avevo completamente rimosso. Se le do buca, dopo che ha rinunciato al burraco con le amiche, mi ammazza! Tra l'altro sta pure venendo a prendermi.»
«Capisco... be', nessun problema» dice Alice.
«Però recuperiamo, ve lo prometto! E per la visita con le sue amiche, le chiedo subito di darmi una data e poi calendarizziamo.»

La accompagniamo alla porta e, parcheggiata in via Caravita, vediamo un'Audi nera. Al volante c'è una bella signora con un paio di occhiali scuri dalla forma rotonda. L'ho già vista da qualche parte, ma non riesco a ricordare dove.

La donna ci vede ed esce dalla macchina. È molto elegante, nella sua camicia di seta rosa antico e con un filo di perle a cingerle il collo.

Di colpo ho un déjà vu, anzi due. È la stessa donna che era seduta vicino a zia Pucci in ospedale il giorno in cui papà è morto e che ho rivisto per caso mentre camminava di fretta per via Roma durante il corteo funebre. Che coincidenza incredibile.

Mila le va incontro e la abbraccia. Poi si volta verso di noi e ci fa segno di raggiungerla.

«Ragazze, vi presento Antonia, mia madre.»

24

«Mila mi sembra sveglia, è una *scetata*, la madre però ha la puzza sotto il naso, sembra le abbiano ficcato una mazza su per...» Mentre parla, Alice sbircia nel cesto del picnic e annusa i tramezzini.

«Stop, ti prego! Hai reso l'idea...»

«Eh vabbè, che avrò detto mai! Hai visto come ci guardava?»

«No, veramente aveva gli occhiali da sole...»

«Senti, comunque l'idea della vendita dei quadri alle amiche carampane mi sembra favolosa, e poi è pure un indennizzo equo dopo il guaio in cui ti ha messo!»

«Ma no, che c'entra lei?! Che ne sapeva dei debiti di papà? E poi l'ha pagato quattromila euro, quel quadro. Alla fine, senza contare tutti i casini, ci è andata bene.»

«Oooh! Così mi piaci, Lidia! Tira fuori un po' di cazzimma!»

Quanto vorrei averla per davvero. Sono partita in quarta con l'idea di prendere in mano il negozio, ma ogni tanto mi sento sull'orlo di un precipizio. Se faccio un passo falso, cado e mi sfracello definitivamente.

«Cugina, io ho fame. Mi passi uno di quei panini?»

«Solo se mangi mentre io apro l'armadio del vintage e facciamo una cernita delle cose da tenere, così le mettiamo in vendita» mi risponde Alice.

«Posso dirti di no?» le chiedo sapendo già la risposta.

«Ti ho fatto fare la damigella d'onore al mio matrimonio, direi che posso costringerti a fare tutto!» mi dice lanciandomi un tramezzino al salmone. È profumatissimo, pieno di aneto.

«Però non sei riuscita a farmi bruciare i peli da quella torturatrice malefica della tua estetista!» ribatto ridendo.

«Solo perché non ho insistito, ma non mi sono mica arresa, sai?»

«Andiamo, dài. Sulla lotta all'irsutismo e alla cellulite ci concentriamo dopo.» Le do un mazzo di chiavi, sperando sia quello giusto.

Mi siedo a terra con le gambe incrociate a godermi il pranzo mentre Alice si adopera per aprire l'armadio. È entusiasta come una bambina.

«Questa no, questa neppure... e ti pareva... proviamo l'ultima, per la legge di Murphy dovrebbe essere quella giusta... ecco!»

La chiave gira nella toppa, l'armadio finalmente si spalanca e quasi le esplode in faccia. È pieno di abiti, giacche, pantaloni accatastati alla rinfusa e almeno tre pellicce.

«Ma vanno ancora queste cose?» Mi alzo per guardare meglio quella di visone.

«Non si vendono più, ma la gente le compra eccome! Le prende usate.»

«Ah sì, il *pre loved*... insomma, il vecchio!» rispondo ridacchiando.

«Tu scherzi, Lidia? Facciamo così, io ne metto subito una sul mio Vinted e vediamo che succede.»

«Cice, ho detto che avresti venduto il ghiaccio agli eschimesi, ma le pellicce a giugno temo che non interessino proprio a nessuno.»

«Cugina pivella! Dài, aiutami a tirarla fuori. Guardala qua, è perfetta!»

La indossa e pur essendo un modello anni Ottanta su di lei sta benissimo.

«Questa la mettiamo a cinquecento euro. Anzi, facciamo seicentocinquanta... che chiedono sempre lo sconto.»

Alice prende il cellulare e scatta qualche foto alla pelliccia. Me le mostra: in quelle immagini sembra tutto così perfetto, ha un senso estetico incredibile.

«Ora le carico e aspettiamo. Su, andiamo avanti... ma questi sono abitini anni Settanta con delle stampe favolose. Fammi vedere... eh, ma sono di Brancamore! Te lo ricordi quel negozio in via Chiaia? Ci andavano tutte le amiche di mamma, le sue ex compagne di classe della Maria Ausiliatrice.»

«Sinceramente no» rispondo mentre scarto il terzo tramezzino. Sono piccoli quadratini, indubbiamente molto chic, ma in due morsi sono finiti.

«Questi a cento euro l'uno, subito. Spaccano di brutto!» Poi stringe gli occhi, come se si stesse concentrando. «Ora però mi servi. Basta mangiare sennò ti mando da Chanty!»

«Per l'amor del cielo, no!» e mi metto subito sull'attenti.

«Prendi il telefono, fai delle foto a ogni capo e poi per ognuno ti detto prezzo e brand. Iniziamo a preparare l'inventario degli abiti, che è più divertente. Ai quadri ci pensiamo dopo. Poi chiamiamo Annie Leibovitz e domani ci facciamo fare un servizio professionale e mettiamo tutto in vendita online. Le descrizioni le fai tu. Mi raccomando, dimenticati di fare la professoressa e mettici cuore, cugina. Che qua non ci giochiamo solo quello, anche il cul...»

«Cice, basta!»

Ridiamo a crepapelle fino a farci mancare il fiato. Non ci sono più i debiti, le preoccupazioni, le delusioni e le bugie. Tutto all'improvviso sembra leggero.

Ci siamo lei e io, e anche se i guai sono i miei, Alice parla al plurale. Nel bene e nel male siamo insieme.

25

«Mila, ciao cara. Scusa l'ora, spero che il pranzo con tua madre sia andato bene. Senti un po', Lidia e io abbiamo finito adesso di selezionare dei capi e ci serve un piccolo favore.»
Alice non fa giri di parole, è un fiume inarrestabile.
«Non è che domani potresti venire in negozio a scattare delle foto degli abiti vintage? È abbastanza, anzi, molto urgente... ecco, poi ci servirebbe un'altra cosuccia... ho visto che hai un sito dove vendi le tue foto e un e-shop servirebbe anche a noi. Diciamo che la cosa è improcrastinabile quanto le foto ed entro domenica dobbiamo essere online. Cosa dici? Che è martedì? Sì, sì, lo so... quindi va bene se ci incontriamo domani alle nove? Così ci spieghi anche quella questione delle vendite online. Il caffè e il cornetto lo offriamo noi, ciao cara, grazie molte.»
«Non le hai dato nemmeno il tempo di respirare» le dico esterrefatta.
«Ovvio, se l'avessi fatta parlare avrebbe potuto mandarmi a quel paese, così mi ha solo detto "ok".»
«Ma forse stava pure dormendo... sono le dieci di sera. Che giornata, Cice. Ho bidonato anche Pietro, c'è rimasto malissimo che non sono andata a cena con lui. Domattina parte con l'aereo delle sei e non ci siamo neppure salutati.»

«Be', poteva venire ad aiutarci. Non credo tu gliel'abbia impedito. Che diavolo ha fatto tutto il giorno, scusami? È andato via prima di pranzo con gli agenti immobiliari. Dubito si sia messo a studiare il regime dei contratti di vendita e locazione.»

«Guarda che lui sta lavorando, aveva non so quante call oggi.»

Alice mi guarda perplessa. So che pensa che io sia una povera cretina a giustificarlo. E non le ho neppure detto tutta la verità. Quando ho declinato il suo invito perché dovevo finire di sistemare, Pietro è stato lapidario. "Se non riesci a liberarti neanche l'ultima sera che possiamo passare insieme, credo che un po' di distanza ci faccia bene, a questo punto."

"A questo punto."

Cosa avrà voluto dire? Al punto di disperazione che ho raggiunto?

Quando gli ho chiesto spiegazioni, dicendogli di passare in negozio per parlarne di persona, ha rifiutato, rassicurandomi con un "così puoi restare concentrata sulle cose da fare".

La mazzata però è arrivata con la chiusura: "Lidia, stai tranquilla".

Una frase che in ogni frangente della mia vita ha preceduto un evento nefasto.

"Lidia, stai tranquilla" mi aveva detto papà dopo un colloquio per una posizione all'interno dell'ufficio risorse umane di una multinazionale. Una settimana dopo, ho scoperto che il lavoro era stato dato a un'altra.

"Lidia, stai tranquilla" mi aveva detto la mia collega Rita, che mi aveva organizzato un appuntamento al buio con un amico del suo ragazzo. Amico che non si presentò al ristorante, lasciandomi cenare sola, di fronte a una sedia vuota. Me lo ricordo ancora lo sguardo pieno di compassione del cameriere, quando si rese conto che non sarebbe venuto nessuno e tolse il secondo coperto dal tavolo.

"Lidia, stai tranquilla" mi aveva detto lo zio Gianni dopo l'infarto di papà, dandomi la speranza che si stesse riprendendo. Quello è stato il peggior "stai tranquilla" della mia vita.

Alice si siede accanto a me, mettendomi un braccio sulle spalle come a consolarmi di qualcosa che non le ho confidato ma che ha intuito.

«Che dici, cugina, ce la ordiniamo una pizza?» mi propone controllando il cellulare. «Di Gregorio non c'è traccia, il volo è in orario e dovrebbe essere atterrato da un'ora almeno, ma ha il telefono staccato. Ci vedremo a casa, dopo.»

«Dico che è un'idea fantastica. Tu resta qua e riposati, vado a prenderle io, sicuramente faccio prima del ragazzo delle consegne. Il solito calzone?»

Uscire e sgranchirmi le gambe mi farà senz'altro bene.

«Sì, ma senza prosciutto, ahimè.» Mentre me lo dice si accarezza la pancia.

Chissà quante volte avrebbe voluto rinunciare agli affettati e al pesce crudo pur di restare incinta. Non ne abbiamo mai parlato apertamente ma qualcosa zia Pucci si è fatta sfuggire con mamma, che mi ha sempre riportato tutto con dovizia di particolari.

A trent'anni sembra esserci tutto il tempo del mondo per una gravidanza, non ci sono bandiere rosse ad avvertirti di fare presto, mettendoti in guardia sulla riserva ovarica in esaurimento. È alla soglia dei quaranta che i test negativi si riempiono di lacrime, altro che di pipì.

La pizzeria è piena. In fila davanti a me c'è anche Ciro 'o Pazz, che mi fa segno di raggiungerlo.

«Lidia, che devi prendere? Mo' è il turno mio, faccio fare pure le tue.»

Le persone in coda lo guardano in cagnesco, ma i suoi occhi spiritati – da pazzo, appunto – le scoraggiano dall'intervenire, e io in neanche venti minuti ho le mie pizze fumanti in mano. Pago anche la sua margherita con doppia mozzarella per sdebitarmi della cortesia e lui, felice come non mai, inizia a cantare *"Lidiù, si' 'a chiù bella cosa, Lidiù"* per tutta via Roma.

Appena svolto in via Caravita, un taxi si ferma davanti al negozio. La portiera si apre e Gregorio scende con un gigantesco mazzo di fiori. Alice gli va incontro, lo abbraccia fortissimo, lo bacia e lo porta dentro la bottega.

Provo la stessa sensazione di quando il medico francese del Club Méditerranée venne a trovarla a Napoli, da Parigi, con l'anello in tasca. Sono passati quasi vent'anni, ma non è cambiato nulla.

«Come facevi a sapere che avevo voglia di una pizza?»

Francesco mi sorprende alle spalle.

«Eh, hai visto? Riesco a prevedere solo cose buone, però. Per le fregature invece ho un pessimo intuito!»

«Sono stato a trovare papà, ma lui aveva già mangiato. La signora De Luca gli ha preparato della minestra, o del brodo... non ho ancora capito. A me proprio non andava, con questo caldo. Meglio pizza e birra.»

Incredibile come la nostra vicina ci tenga ad appestare tutti con le sue pietanze. La immagino che spignatta di mattina presto per quelle che lei considera le anime pie del palazzo, sperando di conquistarsi un posto in paradiso.

Mi squilla il cellulare, Francesco si offre di aiutarmi con le pizze mentre io rispondo. È Alice, mi avverte che Gregorio le ha fatto una sorpresa e andranno a casa insieme.

Chiudo la telefonata e li vedo uscire mano nella mano. Ci salutiamo da lontano mentre Cice strilla: «Ci vediamo domani alle nove per le foto!».

«Mi sa che hai vinto una pizza! Ti va lo stesso, anche se non è calda di forno?» dico a Francesco cercando di non apparire troppo disperata.

«Stai scherzando? Io le pizze le mangio solo fredde, che ne sai?»

Francesco mi segue in negozio, gli faccio strada sul retro dove papà, oltre al fornello a gas per fare il caffè, teneva anche un piccolo frigorifero.

«Oggi giornata tosta, eh? Anche per me, in tribunale. Ma quando finisce con una pizza, cosa puoi volere di più? Vado a comprare due birre, però.»

«Eh no. Io stasera ti stupisco...» Mentre lui appoggia i cartoni su un tavolino basso, io apro una vetrinetta e, subito dopo, il frigo.

«Ta-dààà!» In una mano ho due calici, nell'altra lo champagne che ha portato Mila stamattina. Dopo essere stato al fresco per tutto il giorno, è alla temperatura perfetta.

«Eh, ma che lusso! A cosa brindiamo?»

«Al fatto che è finita una giornata di merda?» gli rispondo stappando la bottiglia.

«Facciamo che invece brindiamo al fatto che domani andrà meglio?» ribatte lui.

«Ah, sicuro... anche perché non può ancora peggiorare, vero? In ogni caso, io rilancio dicendo che se succede qualcosa di brutto si beve per dimenticare, se succede qualcosa di bello si beve per festeggiare...»

«È il Vangelo secondo Lidia?» mi risponde mentre gli riempio il calice.

«Veramente è quello secondo Bukowski, ma diciamo che l'ho fatto pienamente mio, soprattutto da quando vivo in Friuli Venezia Giulia. Lì ogni scusa è buona per bere.»

Tutte le sedie sono occupate da pile di biancheria antica di lino e fiandra perfettamente piegata da Alice. Visto che mi ha vietato di toccarla, ci sediamo a terra con le spalle contro il muro e divoriamo le pizze a spicchi direttamente dal cartone.

«Ti ricordi quando giocavamo qui, il pomeriggio?» gli chiedo.

«Come potrei scordarmelo! Adoravo i modellini di macchine che tuo padre teneva sulle mensole. Ogni volta che me le faceva toccare avevo il timore di romperle. "Occhio, France', che sono antiche" si raccomandava sempre...»

Inizio a sentire un po' di mal di schiena. Mi alzo per cercare qualcosa di morbido che ci faccia da cuscino e mi avvicino a uno degli armadi che io e Alice abbiamo messo in ordine.

Gli racconto i dettagli del nostro progetto, tiro fuori le pellicce e gli abiti da sera più bizzarri per mostrarglieli, mi infilo persino un cappello a tesa larga e una gonna di tulle, facendo una giravolta.

A un tratto Francesco si alza e viene verso di me. «Vorrei brindare a te» mi interrompe. Fa tintinnare il suo bicchiere contro il mio, che non ho mai smesso di brandire mentre spiegavo la strategia per risollevare Caffè Napoli. I suoi occhi sono profondissimi. Chissà cos'ha dentro anche lui, chissà quanto la vita lo ha segnato, addolcito, indurito, fatto soffrire, innamorare, piangere, sorridere. Mi gira la testa, e non solo per l'alcol. Bevo un altro sorso e inciampo su una stola che ho fatto inavvertitamente cadere. Lui mi afferra per un braccio e per fortuna non casco. Succede tutto nell'arco di pochi secondi, ma scorrono come al rallentatore.

«Che riflessi. Grazie, Francesco. Mi sarei sfracellata!» rido nervosa.

Non dice nulla, ma non abbandona il mio braccio, non allenta neppure la presa. Sento il cuore accelerare e un calore sul viso. Forse è la mia prima vampata? Spero non sia la premenopausa, ma non riesco più a sostenere il suo sguardo.

«Stai bene, vero?» mi dice poi a bassa voce, e quando gli faccio di sì con la testa mi lascia lentamente. Avrei voluto essere sorretta per qualche altro minuto, non sono abituata ad avere un sostegno per quando metto il piede in fallo ed è una bella sensazione.

«Io mi ricordo pure che giocavamo a sposarci, comunque...» La frase mi esce così, senza alcun freno. Frugo nell'armadio, prendo un abito da sposa che domani metteremo in vendita e glielo mostro, avvicinandomelo al petto.

«Certo, e facevamo pure una decina di figli, se la memoria non mi inganna.» Decisamente non l'ha dimenticato nemmeno lui.

«Oh sì, c'era anche l'upgrade. Dopo il gioco "degli sposi", c'era anche quello "della famiglia". Poverino, ti costringevo a fare queste cose stupide mentre tu volevi solo le macchinine di papà.»

«Lidia...» Francesco continua a guardarmi e si riavvicina.

Continuo a parlare a raffica, imbarazzata. O parlo, oppure scappo. «E comunque, mi sono portata sfiga da sola perché, alla fine, non mi sono sposata! Lo sapevo che non si doveva fare quel gioco lì. E invece l'ho fatto per – quante saranno state? – cento volte? Neanche se mi reincarno in altre cinquanta vite mi sposerò.»

Il sorriso di Francesco si trasforma in una risata. Pensa che io stia scherzando ma inizio a crederci veramente alla sfortuna.

«Mi sa che c'hai proprio ragione tu, Lidia.»

«Grazie, ma preferirei avere torto.»

«E sai perché hai ragione? Dato che facevo tuo marito, alla fine non mi sono sposato neanch'io!»

«Ecco, appunto. Ma perché non abbiamo mai coinvolto Alice in questa cosa? Ti ricordi, non voleva mai giocare con noi...»

«E infatti si è sposata tre volte!»

Francesco mi versa l'ultimo fondo di champagne. Ce lo siamo finito tutto.

«Facciamo l'ultimo brindisi? Quello vero, quello che merita?» gli dico, ormai brilla. «Anche io voglio brindare a te, al tuo successo, Francesco, alla nuova destinazione, alla vita che ti aspetta.»

«Grazie... ormai è questione di poco. Da un momento all'altro mi comunicheranno la sede. Per ora però resto qua, così trasformeremo questo posto prima della mia partenza.»

Parla al plurale anche lui; si include, senza che nessuno gliel'abbia chiesto, in un progetto strambo che solo il tempo ci dirà se avrà un senso.

«Che ora si è fatta? Mi sa che è tardi sul serio...» gli dico.

«È quasi mezzanotte. Ti aiuto a mettere a posto, così domani scattate le foto senza avere disordine intorno.»

«Ok, io vado fuori a buttare i cartoni delle pizze e la bottiglia, tu se vedi qualcosa a terra, infilalo pure nell'armadio.»

«Mi sa che è meglio se facciamo il contrario, no? Non ti mando mica fuori a quest'ora a buttare la spazzatura. Dai qua...»

Avevo dimenticato pure il sapore delle piccole attenzioni, della cura, del "ci penso io".

Apro il cassetto dell'armadio per stiparci la gonna di tulle, e sul fondo, sotto alcuni merletti, intravedo una cartellina nera con un elastico viola che oggi pomeriggio non ho notato. Sarà il prezzario? Ancora non è saltato fuori.

La apro e dentro c'è un quaderno con la copertina rigida. Lo sfoglio velocemente, è la scrittura di papà. Lascio la cartellina nel cassetto e infilo il quaderno in borsa. Francesco nel frattempo è rientrato e mi aspetta per chiudere e andare via.

«È stata una bella serata, mi ci voleva un po' di leggerezza... e soprattutto l'amarcord» gli dico.

«Quando vuoi, sono a disposizione. Domattina ho udienza in tribunale, nel tardo pomeriggio mi libero. Vengo a dare una mano.»

«Ma no, sei matto? Grazie, non ti disturbare.»

«Lidia...»

«Sì?»

«Guarda che se cominci a ringraziarmi di nuovo, litighiamo.»

Mi accompagna a casa, mentre cerco le chiavi del portone non sembra avere nessuna fretta di andare via.

«Buonanotte, la prossima volta lo champagne lo porto io. Sono sicuro che ci sarà un'occasione per brindare a una cosa bella.»

«Altrimenti, lo sai... berremo per dimenticare quella brutta, no?!»

Lui mi sorride e fa sì con la testa.

Alla fine il Vangelo secondo Bukowski aveva anche un terzo punto: "Se non succede niente, si beve per farlo succedere". Ma questo pensiero voglio tenerlo per me. Il mio cuore stasera non ha mai smesso di battere forte. Sento lo stesso *friccicore* che mi ha accompagnata al matrimonio di Alice.

E anche questo lo tengo per me.

26

"Ma davvero? Seicento euro per quella palla di pelo morto con chissà quanti acari e pulci addosso?"

Alice stamattina si è presentata in negozio alle nove in punto, sventolando lo screenshot della vendita della pelliccia a una ragazza svedese. Quando me l'ha fatto vedere mi è quasi andato di traverso il caffè doppio.

Stavo cercando di farmi passare la quasi sbronza di ieri sera con Francesco, anche se tutto quello champagne ha avuto effetti migliori di qualsiasi goccina omeopatica.

Da quando è morto papà è come se avessi un macigno sul petto che mi impedisce di respirare, ma per la prima volta stanotte ho dormito senza angoscia.

Mi sono svegliata con la voglia di prepararmi in fretta e aprire il negozio. La felicità non ricordo più cosa sia, ma un po' di sana strafottenza mi fa bene. Forse perché non ho più niente da perdere, e di conseguenza sono meno vulnerabile. Quando Pietro stamattina mi ha scritto: "Orario aereo ok", con l'immancabile emoticon del pollice alzato, sono rimasta impermeabile alla delusione e ho risposto solo "fai buon viaggio". Nonostante la pausa che mi ha chiesto, trova ancora normale informarmi sui suoi spostamenti.

Alice mi ha detto che avrebbe versato l'intera cifra della pelliccia sul mio conto corrente, nonostante le avessi proposto di dividerla.

"Lidia, non dire cazzate", e subito dopo ha tirato fuori dalla borsa quelle che a prima vista potevano sembrare delle Polaroid. Nelle immagini c'era un fagiolino all'interno di un cerchio nero.

"Ti presento tuo nipote! Ha ben otto settimane e mezzo!"

Ne ha presa una e l'ha infilata nella cornice di uno specchio brunito. "Mica ti dispiace se ci fa compagnia pure lui in negozio, vero? Ho scelto questa, dove ha un profilo bellissimo." Ovviamente non si distingueva niente o quasi, ma ci è piaciuto crederlo.

Alle nove e un quarto ci ha raggiunte Mila e ci siamo messe a fotografare tutti i vestiti. Per ora il sito ce lo fa lei, e per i pagamenti rilasceremo fattura dopo l'accredito sul conto corrente. "Partiamo a bomba ma con criterio", queste le parole di Alice. "Appena cresciamo, ci facciamo fare un e-commerce più evoluto!"

Abbiamo riempito cinque enormi sacchi neri di vestiti e biancheria che dobbiamo smaltire perché rovinati, ingialliti e usurati. Chissà da quanto tempo stavano qui ammassati, destinati a morte lenta e dolorosa.

"Quello che ricavereste non coprirebbe mai i costi per la pulitura e i rammendi" ci ha detto Rosaria, la moglie di Nanà, che faceva la sartina. È entrata per curiosare e ha passato in rassegna gli abiti che stavamo scartando.

Una volta la signora De Luca insinuò che tra Rosaria e mio padre ci fosse del tenero, perché ogni volta che passava davanti alla bottega li vedeva chiacchierare.

In realtà mamma non è mai stata gelosa di lei, anche perché papà non gliene ha mai dato motivo. Le sta antipatica a prescindere, come la maggior parte delle persone.

Rosaria si è presentata in negozio su un paio di scarpe con le zeppe, che indossa con invidiabile disinvoltura nonostante sia ultrasessantenne, e ha portato un vassoio di dolci.

"Sono per voi, lavorate mattina e sera qua dentro e state stanche, oltre che sciupatelle!" ci ha detto. Chissà perché a Napoli bisogna sempre giustificarsi quando si fa una gentilezza. Io le ho preparato un caffè con la cuccuma di papà e ci ha raccontato qualche inciucio sulle sue nipoti che non riescono né a trovare lavoro, né marito.

Poco prima di pranzo è passato anche Vincenzo, che si è offerto di mettere a posto tutte le scartoffie di papà. Sono ammassate in una credenza che non ho ancora osato aprire. Quella sì che mi fa veramente paura, altro che armadi. Mio padre era tutto tranne che organizzato, ed era allergico alla burocrazia. Peccato che ora sia io a farne le spese.

"Grazie, zio Vincenzo, mi faresti davvero un piacere enorme. Io non so neanche dove mettere le mani, va bene lo stesso se però non ti faccio compagnia? Dobbiamo ancora passare in rassegna almeno una cinquantina di abiti. Quel baule pare senza fondo!"

Alice però non ha visto buon occhio il suo aiuto perché al mio entusiasmo ha risposto con una smorfia e uno sguardo al cielo. Mancava poco che le uscisse il fumo dal naso.

"Portando via le carte di papà, ci libera la credenza, così possiamo organizzare meglio abiti e accessori" mi sono giustificata. Neanche quando zio Vincenzo e Nanà hanno riempito tre scatoloni di documenti mi è sembrata accondiscendente.

Era talmente insofferente che gli ha chiesto – con gentilezza forzata – di lasciare lì gli scatoloni e di ritornare un altro giorno per portarli via, previa telefonata.

"E che palle, Lidia! Non mi piace che 'sto Vincenzo entra senza permesso e chiede di aprire la credenza. Perché non si fa i fatti suoi?" mi ha ripetuto seccata un paio di volte.

Credo sia inutile ricordarle che Vincenzo e papà erano come fratelli, e che da quando papà è morto si sentirà solo, visto che è vedovo, in pensione e con un figlio che vive in America.

D'altra parte capisco quello che prova, si è sentita minacciata da quell'ingerenza perché adesso, nella sua testa, il negozio è solo nostro.

Strano che verso Mila sia stata serena e bendisposta. Già prevedevo scintille, per fortuna si sono trasformate subito in fuochi d'artificio.

Abbiamo pranzato tutte e tre insieme, in negozio, con delle insalate piene di ogni ben di Dio – uova, mozzarella e tonno –, e Mila ci ha raccontato della mostra che inaugurerà a settembre e che vedrà esposte anche le foto di Caffè Napoli.

Francesco non è riuscito a passare, ma ho trovato due sue telefonate a fine giornata, mezz'ora fa, quando stavo rientrando a casa.

Stasera ceno da sola. Mamma è andata da zia Pucci e mi ha lasciato un biglietto sul tavolo della cucina. "Pasta zucca e provola in frigo. Faccio tardi ma mi accompagnano, non mi aspettare."

Non mi dispiace affatto, almeno oggi mi evito i suoi commenti sul fatto che in questi giorni sto sempre in negozio. Non mi vuole vedere far la fine di papà, me lo ha detto senza mezzi termini. Vorrebbe che lo vendessi e non me ne occupassi più.

Da quando ci lavoro però ho ricominciato a sentirmi finalmente viva. Ho un motivo per alzarmi la mattina, anche se so che mi aspettano dodici ore al giorno in piedi e la sera mi bruciano gli occhi a furia di andare sui siti e i blog e capire come funzionano le vendite online, insieme a quelle fisiche.

Quando a scuola suona la campanella, non tirano un sospiro di sollievo solo i miei studenti. Lo faccio anche io, perché la giornata lavorativa è finita. Non ho pensieri, non ho responsabilità, non ho conti da far quadrare. Ho sempre pensato fosse un enorme privilegio, il mio. Alle cascate di acqua gelida ho preferito uno stagno di acqua tiepida, senza rendermi conto che si sarebbe potuto trasformare in pantano.

La bottega è il mio getto freddo. All'inizio mi sono sentita inerme e incapace di nuotare. Poi però ho capito come restare a galla e, dopo aver visto che non sono affogata, ho cominciato a muovere braccia e gambe.

Mi faccio una doccia veloce, infilo una maglietta di quando andavo al liceo che mi va enorme e metto il piatto di pasta nel microonde.

In tv danno solo programmi che intontiscono il cervello, spengo prima che i reality spengano me e decido di prendere un romanzo dalla libreria. Adoro leggere, in silenzio, mentre mangio da sola. C'è pure una bottiglia di Falanghina fredda già aperta che non vedo l'ora di sorseggiare.

Improvvisamente mi ricordo che qualcosa da leggere ce l'ho: il quaderno di papà che ho trovato ieri sera in bottega. Vado a prendere la borsa all'ingresso, ci infilo una mano ma non lo trovo. La rivolto, può essere che si sia incastrato nella fodera scucita, ma niente. Magari quando ho pagato le insalate al ragazzo delle consegne l'ho tirato fuori per prendere il portafoglio e l'ho appoggiato sul bancone del negozio, dimenticandolo lì.

Non mi resta che andare a recuperarlo, anche se è tardi e il piatto di pasta è pronto. Magari ci sono dati importanti su fornitori, prezzi, indirizzi dei clienti che mi possono essere utili. Indosso le infradito e scendo. Ci metterò al massimo dieci minuti.

Via Caravita è deserta, la sera la movida si riversa tutta in via Roma, in via Monteoliveto o in piazza del Gesù. Ringrazio di avere un'età per cui restare a casa non costituisce un'immancabile occasione persa per farsi nuovi amici o trovare un fidanzato. Anche se io, un fidanzato, non sono sicura di avercelo ancora.

Infilo la chiave nella serratura della bottega, ma mi accorgo che è bloccata. Provo ancora, deve esserci qualcosa che non va. Avvicino l'orecchio e sento dei rumori che provengono da dentro. D'istinto mi allontano e, un secondo prima che io possa comporre il numero dei carabinieri, il mio telefono vibra facendomi sobbalzare. È Francesco.

«Ciao, sono da papà ma sto andando via. Sei da queste parti?»

«Fra, per fortuna. Sono davanti a Caffè Napoli, ti prego, vieni subito. Penso ci siano dei ladri.»

«Lidia, arrivo subito, stai tranquilla» mi rassicura.

Mi compare davanti mentre siamo ancora al telefono. Quando lo vedo istintivamente lo abbraccio.

«Stai tremando.»

«Cos'altro mi deve capitare ancora? Pure il negozio scassinato mi tocca? Proprio oggi, ti giuro, che ho pensato che le cose si sarebbero sistemate, ci sono dei progetti in cantiere con le ragazze e stiamo iniziando a vendere...» Scoppio a piangere senza vergogna.

«Ehi, la caserma sta qui dietro. Ora chiamiamo subito, tanto i ladri sono ancora dentro. Vedrai che non hanno toccato niente.»

«E se sono armati? Ti prego, Francesco, allontaniamoci.»

«Tu mettiti al sicuro nel palazzo e chiudi il portone. Resto io qui.»

«Ma io non ti lascio...» Gli stringo il braccio, lui mi invita a entrare in casa.

Mentre me ne sto andando, sentiamo la porta del negozio aprirsi.

Corriamo a nasconderci dietro i cassonetti dell'immondizia. Io tremo ancora, lui ha il respiro un po' affannato.

Viviamo dieci secondi di puro terrore, che si trasforma in stupore quando riconosciamo le due sagome che con tutta calma escono e chiudono a chiave la porta di Caffè Napoli. Lei si appoggia sulla sua spalla, lui le cinge la vita e le dà un bacio sulla tempia. Poi si guardano intorno, si baciano fugacemente sulle labbra e iniziano a camminare separati ma uno accanto all'altra.

«Ma... ma... Dio santissimo. Non ci posso credere! E poi, che diavolo stanno facendo?» esclamo. Se non mi viene un infarto adesso, campo cent'anni.

«E io che ne so? Be', scusa, chiediamoglielo!»

27

«Mamma?»
Mia madre si gira, è sorpresa forse più di me di vedermi.
«Lidia, che ci fai qua?»
È il suo tipico atteggiamento: attacca per prima e si mette sulla difensiva. Ma poteva funzionare con papà, non con me.
«No, scusa, che ci fai tu! Non dovevi andare da zia?»
Sono paonazza, ho il viso bagnato di sudore misto a pianto.
«Zio Vincenzo, non capisco...»
Ci guardiamo dritto negli occhi, i suoi sono spaventati.
«Stavamo vedendo se era tutto a posto... ehm... le carte di oggi, me le avete fatte lasciare in negozio e... mi servivano e...» Si sta arrampicando sugli specchi.
«Abbi pazienza, ma se si tratta di una cosa talmente importante da entrare alle undici di sera, devi chiamare me, Vincenzo. Non mamma.» Poi mi giro verso di lei. «E tu? Sono passati tutti in questi giorni a vedere cosa stavamo facendo io e Alice, e di te neanche l'ombra. Quando uscivi a fare la spesa cambiavi marciapiede, credi che non ti abbia vista?»
Le trema il labbro e resta in silenzio. Lei e Vincenzo sembrano due bambini scoperti con le mani nella marmella-

ta. Io invece non riesco a stare zitta. «Non ti ho detto nulla perché pensavo ti facesse troppo male entrare e non trovare papà... ma, come al solito, non avevo capito niente.»
Li squadro entrambi, credo che la mia espressione sia più eloquente delle parole.
«Lidia, non volevo disturbare e...»
«Ma ti prego, mamma!»
«Più che altro ci siamo spaventati, stavamo per chiamare i carabinieri.» Francesco cerca di stemperare la tensione.
Noto che Vincenzo tiene qualcosa tra le mani.
«Credo che questo appartenga a me.» Afferro il quaderno di papà e istintivamente me lo stringo al petto. Sono infuriata.
«Lidia, ma che modi sono?» A mia madre non pare vero di potermi rimproverare.
«I miei modi, o i vostri? Ma per favore...» La situazione si fa sempre più sgradevole, voglio solo andare a casa. «Io salgo, sono stanchissima. Tanto le chiavi le hai.»
«Io comunque tra poco arrivo, Lidia...» dice lei, mentre Francesco e io ci incamminiamo verso il portone di casa.
«Com'era quella cosa che sarebbero arrivate giornate migliori, France'?»
Non risponde, si vede che è imbarazzato. Cosa si dice in queste situazioni? Si rincara la dose, la si butta sull'ironia? Si cambia argomento?
Ci penso io a spezzare il silenzio. «Almeno mamma si è ripresa.»

28

«Sembra aramaico, non ci capisco niente.» Passo il quaderno a Francesco con la faccia sconsolata.
È salito a casa con me, non gliel'ho neppure dovuto chiedere di farmi compagnia. Siamo al piano di sopra, sul terrazzino della mia stanza. Averlo qui mi eviterà lo scontro con mamma quando rientra.
«Non riesco a guardarla in faccia. Lei, che ha criticato zia Pucci e Pietro perché le chiedevano del negozio dopo la morte di papà. "Ti rendi conto, il cadavere ancora caldo e questi parlano di soldi?", così mi diceva. Non era un problema però buttarsi nelle braccia di un altro... che poi, proprio il migliore amico di papà. Ma come le è venuto in mente? Neppure *Beautiful* arriva a tanto!»
«No, vabbè, lì fanno resuscitare i morti, Lidia! Dài, a *Beautiful* non ci arriviamo!» Francesco cerca di farmi ridere, ma con scarsi risultati.
«Sono solo tre settimane che papà non c'è più...» gli dico con lo sguardo basso.
«Magari ha trovato conforto in una persona di famiglia, oppure questa "cosa" è iniziata prima, non ci hai pensato?»
«Non so cosa sia peggio, sinceramente. Che tradisse papà da chissà quanto o che si sia consolata dopo così poco tempo.»

Lui mi guarda, poi sfoglia il quaderno.

«Che poi non se lo meritava mio padre...» sussurro con la voce rotta dal pianto.

«Ma perché, Lidia, c'è qualcuno che se lo merita, il tradimento? Non è meglio essere onesti e lasciarsi?»

Non rispondo, ho la testa piena di pensieri neri. Io so solo che mia madre va a letto con il migliore amico di papà.

«Ci capisci qualcosa?» mi sforzo di cambiare argomento.

«Sono quasi certo che siano conti. Penso che nella colonna E ci siano le entrate e in quella U le uscite. Vedi?»

Si sporge verso di me e respiro il suo profumo. Quando eravamo per strada non lo sentivo, quello della città invade e assorbe tutto il resto. Adesso invece il suo odore mi entra nelle narici.

«I trasferimenti sono tutti a favore di un certo A.G. Ti dice qualcosa?»

«Assolutamente nulla.»

«Lidia, sono somme altissime, uscite da non meno di diecimila euro l'una.»

«Dio santo...»

«Ci sono anche delle entrate, però. Sempre da questo certo A.G., ma le cifre sono decisamente più basse.»

«E ti pareva!» rispondo sconsolata.

Francesco si alza per prendere il cellulare che ha lasciato sulla scrivania in camera e mi sfiora involontariamente la gamba con una mano.

«Oh, scusami...» Poi inizia a digitare numeri sulla calcolatrice del telefono. «Lidia, la data del primo trasferimento a questo A.G. è gennaio 2015, dieci anni fa.»

«Esattamente quando ha acceso il mutuo sul negozio. Secondo te questa cosa è collegata?»

«Non lo so, ma potrebbe essere un indizio, una pista che possiamo provare a percorrere.»

Gli squilla il cellulare, è Angelo.

«Papà, tutto bene?» risponde allarmato. «Sì, sì, tranquillo, sono ancora qui dai Gambardella, sto facendo un po' di compagnia a Lidia... non preoccuparti, davvero... ma no che non è successo niente. A domani.»
Faccio finta di non aver sentito.
«La signora De Luca ha visto che rincasavamo insieme e lo ha avvertito. È peggio di un investigatore privato!»
«È una pettegola inaudita... però si concentra sulle persone sbagliate. Non mi pare abbia fatto trapelare qualcosa su mamma e il caro zio Vincenzo!» Sono inacidita. Stanca e sfibrata da tutta questa storia.
«Vabbè, dài, non ha niente da fare e starà attaccata alla finestra per fare un po' di gossip. Alla sua età, lasciamoglielo fare...»
«Hai ragione. Tu sei buono, al contrario di me.»
«Lidia... secondo me hai solo fame.»
«E tu?»
«Pure io. Sto solo con un toast da mezzogiorno.»
«Senti, di mamma non c'è traccia, scendiamo e riscaldiamoci la pasta, ce n'è abbastanza per sfamare un esercito. Poi ce la mangiamo qui in terrazza. Ho pure il vino...»
«Ottima idea, così possiamo andare avanti a leggere il quaderno senza stramazzare al suolo.»
«Francesco?» gli dico posandogli una mano sul ginocchio. «Perché perdi tempo qua con me? Dopo dieci ore di cause, pratiche e ricorsi?»
«Be', perché da bambini siamo stati marito e moglie almeno cento volte e abbiamo altrettanti figli da mantenere...»
Gli appoggio la testa sulla spalla, sento un gran bisogno di essere abbracciata.
Poi arriva una secchiata di acqua gelida. Francesco scosta delicatamente la mia mano dal suo ginocchio e si alza.
«Sto morendo di fame, andiamo?» mi dice avviandosi verso le scale.

Ci mancava pure la figura di merda con l'amico di una vita. Oggi non ne imbrocco una.

Vorrei riavvolgere gli ultimi dieci minuti di questa giornata pessima e cancellare per sempre il mio goffo tentativo di elemosinare un po' di affetto.

«Non ti manca?» mi chiede dopo due piatti di pasta, mentre sorseggiamo la Falanghina che in questo momento è un nettare consolatorio.

Siamo in terrazza, sul dondolo, davanti a noi ci sono il Vesuvio e la città illuminata. Fra gli edifici spicca la basilica di Santa Chiara; da piccola ero certa che mi sarei sposata lì, avrei percorso con papà la navata gotica e poi avremmo festeggiato con tutti gli amici nel chiostro maiolicato.

«Cosa?»

«Questo» mi dice alzando il bicchiere verso il panorama.

«In questo momento ti dico di sì. Ma, più di tutto, mi manca vederlo con la persona che amo.»

«Pietro è andato via?» È molto serio, anche se un tremolio nella voce tradisce il suo imbarazzo.

«Veramente, mi riferivo a papà...»

«Sarebbe stato scontato se ti avessi chiesto se ti mancava Felice.»

«No, non lo sarebbe stato, e nessuno me lo ha mai domandato fino a ora. Ma forse è stato meglio così, perché avrei risposto che non soltanto sento la sua mancanza, ma anche che non mi sono mai sentita così sola in vita mia. Perché quando ad andarsene è l'unica persona che ti ama con tutta se stessa, non hai più niente.»

«Non credo che sia l'unico ad amarti in quel modo...» dice mentre gli occhi gli si fanno lucidi.

«E allora dimmi: perché mi sento così? D'altronde perdere un genitore fa parte della vita. Lo sai, te lo aspetti, lo metti in conto, soprattutto quando tuo padre è vicino alla settantina.»

«Mah, chi dice che "si è pronti" secondo me non ha mai provato un dolore così forte.»

«Ma tu i genitori li hai ancora.»

«Ho perso Augusto, che non era mio padre, è vero, ma gli ho voluto bene come se lo fosse. E poi non è il solo che ho perso e...»

«Lidia, sono tornata!» mi chiama mia madre dal piano di sotto.

Eccola, non posso neppure far finta di dormire ed evitare di parlarci.

«Mamma, sono con Francesco, in terrazzo.»

«Ah, state là. Vabbuò, buonanotte.»

Secondo me pure lei è contenta di non dovermi dare spiegazioni.

«Meglio che vada, Lidia, si è fatto veramente tardissimo. Il quaderno se vuoi me lo porto e domani cerco di capirci qualcosa.»

«Devi per forza?» Ho la voce implorante, vorrei evitarlo ma in questo momento non so parlare in un altro modo.

«Sì.» È secco, epigrafico, irremovibile.

Gli consegno l'oggetto che forse ci aiuterà a capire dove sono andati tutti i soldi di papà e, soprattutto, a chi, e lo accompagno giù alla porta.

Con la coda dell'occhio mi vedo riflessa nello specchio dell'ingresso: sono orribile, vestita come una scappata di casa e con i ricci fermati da una penna in uno chignon.

Francesco mi dà un bacio leggero sulla guancia.

«Mi sono sempre piaciuti» dice poi, attorcigliandosi una ciocca dei miei capelli sull'indice.

Alla faccia del capello *rizado*.

Nonostante tutti i problemi che ho, ripenso a Djerba e a quanto mi sono fatta condizionare nella vita dalla capigliatura crespa. E sorrido, perché l'unico modo che conosco per sdrammatizzare è pensare alle cose buffe.

«Ti faccio ridere?»

«No, è che... non me l'aveva mai detto nessuno dei capelli e... niente, una storia lunga.»

«Ciao Lidia, ora vado davvero. Prendo l'ascensore, mi sa.»

«Ti ho fatto bere troppa Falanghina?»

«Macché, ho paura della vedetta lombarda... la signora De Luca» sussurra per non farsi sentire.

Quando se ne va, passo davanti alla camera di mamma. La porta è chiusa e il silenzio mi rimbomba in testa.

Vado in bagno a prepararmi per la notte e mentre mi lavo i denti mi si accende una lampadina. Corro a prendere il cellulare e scrivo un messaggio a Francesco.

"Secondo te, perché Vincenzo aveva il quaderno di papà?"

29

«Tu non me la racconti giusta, cugina!» Alice mi scruta sospettosa, temo si sia accorta che ho la testa altrove. Lo scossone emotivo di ieri sera ha lasciato in me più di uno strascico.

Stamattina lei e Mila hanno sistemato il negozio.

È bastato spostare qualche mobile e fare un po' di ordine, non abbiamo neanche dovuto ridipingere perché Alice ha portato della carta da parati avanzata dalla ristrutturazione di casa sua – con piccoli fenicotteri e palme su fondo bianco. A prima vista mi ha fatto inorridire, ma quando l'ha fatta stendere a Nanà e a Ciro 'o Pazz mi sono dovuta ricredere. Con questo restyling il negozio ha cambiato decisamente faccia.

Più tardi, una decina di signore verranno a visionare tutti i quadri di papà e abbiamo sistemato anche oggetti e libri antichi "in modo molto instagrammabile", come dicono Alice e Mila. A quanto pare, la mamma di Mila non vedeva l'ora di accompagnare le compagne del corso di ceramica a Caffè Napoli. Sembra proprio che ci tenga alla bottega di papà. Così tanto che quasi non me lo spiego. E tutta la pubblicità e il passaparola che ha fatto si stanno convertendo in vendite cospicue.

"Siamo praticamente a Montmartre" ha concluso tutta tronfia mia cugina alla fine della sua "direzione cantiere", come l'ha definita lei.

Non l'ho mai vista così felice, e dice che è il bambino a darle l'energia per lavorare al nostro progetto. Devo ammettere che è bravissima: tutti i corsi di design che ha frequentato nella vita – e che io ho sempre deriso perché li reputavo per gente ricca e annoiata – alla fine sono serviti. Senza tutta la sua preparazione questo posto assomiglierebbe ancora a un deposito di robe vecchie e cianfrusaglie. Ogni tanto il suo fare "comandino" viene fuori ma, se prima mi sarei innervosita, adesso la guardo con gli occhi della tenerezza. Si vede lontano un miglio che ci crede in questa nuova versione di Caffè Napoli. Se sin dall'inizio non ci fosse stato il suo entusiasmo, io avrei mollato. Anzi, non avrei neppure cominciato.

Il merito è anche di Mila. Dispensa consigli, sistema gli oggetti – "scusa, ma ho l'occhio fotografico e quando una cosa è storta la devo aggiustare". Senza contare che, grazie al sito che lei ha creato in tempi record, a fine giornata posso contare su un bell'incasso.

Tutta questa energia nuova è un balsamo sul cuore. Non basta a farlo guarire, ma mi aiuta a districare almeno un po' i nodi che ho dentro.

Papà c'è ancora nel negozio, ma ho voluto cancellare la sua parte remissiva, che gli faceva dire di sì a tutto quello che gli offrivano, che pagava più del dovuto e poi non riusciva a rivendere a un prezzo congruo.

"*Feli', vui nun dicit mai 'e no*" lo rimproverava Nanà. Aveva ragione, non diceva mai di no, papà. Ed è stato così che io mi sono trovata con le pezze al culo.

Sono molto emozionata per l'evento di oggi, spero di non deludere le aspettative di nessuno. Abbiamo organizzato anche un piccolo aperitivo e Alice ha ordinato fiori freschi per riempire vecchie brocche d'argento e fiaschetti di vetro.

Non ho neppure il tempo di rimuginare troppo su quanto è accaduto ieri sera, perché le signore hanno spaccato il secondo e varcano la soglia del negozio con fare civettuolo portando una scia di profumo alla rosa e vaniglia.

Sono tutte vestite uguali: tubino e doppio filo di perle. Come le adolescenti, hanno una divisa e sono felici di omologarsi per trovare il loro posto nel mondo. Probabilmente a sedici anni e a settanta la si pensa allo stesso modo e le amicizie diventano un'ancora di salvezza.

A dire il vero, lo sono pure a quaranta.

Antonia, la madre di Mila, è una donna sofisticata, parla piano e non gesticola mai. Il suo passo è leggero, etereo. Ha un'età indefinita, potrebbe avere settant'anni anni portati bene o cinquantacinque portati malissimo. Si vede che è la leader del gruppo e le signore prima di acquistare chiedono consiglio a lei. Le girano tutte intorno e lei dispensa opinioni positive o moniti ben equilibrati.

In un baleno non solo hanno acquistato sei quadri, ma anche i libri antichi hanno fatto breccia nei loro portafogli e li abbiamo venduti tutti. Le signore prendono a sfogliare alcune fotografie degli anni Quaranta che ritraggono famiglie napoletane in villeggiatura a Coroglio, a Bellavista, a Lago Patria o Torregaveta, contendendosele con sonori "io offro di più".

In quel momento entra mia madre.

Siamo tutte sorprese.

«Quelle non sono in vendita» dice con tono stizzito.

«Ma lei chi è, mi scusi?» ribatte la signora più agguerrita, che ha in mano almeno dieci fotografie.

«A lei non deve interessare chi sono io. Le foto sono mie, sono venuta a prenderle per portarle a casa» risponde quasi strappandogliele di mano.

«Mamma, invece ti sbagli» continuo io.

«Gisella, la mamma di Lidia ha ragione» interviene Antonia. «Puoi ritenerti contenta, hai già preso due quadri e l'étagère. Le foto a quanto pare non sono in vendita, quindi posale, per favore.» Ha un aplomb e una signorilità che mettono a tacere tutte, compresa mia mamma che, dopo aver fatto la sua uscita infelice, se ne va senza salutare.

«Che dite, stappiamo una bottiglia?»

Alice interviene in mio aiuto e invita tutte al rinfresco che abbiamo fatto preparare dalla rosticceria più famosa di via Roma.

«Oh, le frittatine di pasta» gorgheggiano in coro le signore, dimenticando la scena pietosa di mamma. Sono eccitate come se avessero visto qualcosa di straordinario. Con ostriche e caviale non sarebbero state così entusiaste, forse perché sono abituate a trovarli nei loro buffet.

Pizzette, arancini di riso, involtini di melanzana e calzoncini di pizza fritti vengono spazzolati in un lampo.

«Vorrei proporre un applauso ad Antonia per averci fatto conoscere questo posto incantevole» dice la più anziana delle amiche, che forse ha bevuto un po' troppa Falanghina.

«Sono io che ringrazio queste splendide ragazze. Hanno rilevato un negozio che apparteneva a un uomo straordinario e che mi duole non abbiate conosciuto prima. Aveva un immenso talento, e purtroppo ci ha lasciato troppo presto. Conoscerlo è stato un dono, perché emanava una bellissima luce. Quindi l'ultimo brindisi lo vorrei dedicare a lui. A Felice, che lo era di nome e di fatto.»

Certo che Antonia mio padre sembra conoscerlo bene, anche se fino a ora ha fatto finta di niente.

Nella testa mi scorrono le immagini di lei all'ospedale, e poi al funerale. Forse non erano coincidenze. Non capisco però perché non abbia detto nulla a Mila, perché abbia finto di non sapere che papà fosse morto. E poi, tutto questo prodigarsi subito per aiutarmi a risollevare il negozio... Forse fra lei e mio padre c'era qualcosa? Non mi stupisco più di niente.

Le signore fanno tintinnare i bicchieri l'uno contro l'altro, poi il chiacchiericcio riprende.

Mi avvicino ad Antonia. «Grazie per le belle parole spese per papà» le sussurro, per non farmi sentire dalle altre.

«Era una persona davvero speciale, e gli devo molto. Tre anni fa sono entrata qui per caso e mi ha subito colpito la sua gentilezza. Me lo ricordo come se fosse ieri, stava finendo un dipinto e il caffè era appena fatto. Me ne offrì una tazzina e restammo a parlare per più di un'ora. Non so neanche perché e come, ma gli raccontai che anche io un tempo dipingevo e che poi, per una serie di circostanze, avevo abbandonato. Mi ha spronato lui a ricominciare, sai? E la sua arte mi ha salvata dalla depressione perché, nonostante io fossi sempre in compagnia, mi sentivo molto sola. E sai cosa mi diceva tuo papà?»

Resto in silenzio, le faccio di no con la testa.

«Che quando si trova qualcosa in cui investire con gioia il proprio tempo, soli non lo si è mai...»

Mentre lei parla, riesco quasi a sentire la voce di papà.

«E da allora, Caffè Napoli è stato la mia boccata d'aria fresca. La porta per me era sempre aperta. Felice non solo mi ha insegnato molte cose sulla pittura, ma ha fatto molto di più. Ha dipinto la mia vita di colori incredibili nel momento in cui vedevo solo grigio. Le sue parole, più che il modo in cui mi aiutava a trovare la prospettiva giusta quando disegnavamo, erano pennellate felici che squarciavano tutto il dolore e la noia che provavo. C'è stato un periodo in cui venivo qui tutti i giorni, anzi, tutte le sere» mi racconta emozionata.

«Non sapevo di questa amicizia...» le dico, cercando di capirci di più.

«Non lo sapeva nessuno, neppure mia figlia. Ma, credimi, era pulita e sincera, e proprio per questo vorrei che restasse privata. Una cosa tra me e te, Lidia. Credo che tu mi possa capire» mi sorride con gli occhi lucidi.

«Mi raccomando, quando organizzate qualche altro evento invitateci. Che veniamo con tanto piacere, cara» ci interrompe una delle sue amiche.

«Però dovrete approvvigionarvi di cose nuove... abbiamo fatto piazza pulita» squittisce un'altra.

«Praticamente sono le nuove influencer della Napoli bene!» commenta Alice quando tutte sono andate via.

«Ma Mila, tua madre quanta gente conosce?» le chiedo curiosa.

Lei sorride, è soddisfatta di aver dato il suo contributo alla causa, anzi, al Progetto, come lo chiama lei.

E a proposito di madri, io con la mia ho più di un conto in sospeso.

30

«Mi spieghi, per favore, cosa ti è preso?» le domando.

Ho approfittato del primo momento di calma in negozio subito dopo l'evento e sono salita da mia madre.

È seduta al tavolo della cucina e sta rammendando gli strofinacci. Sembra che io non sia nella stanza, perché se ne sta con la testa china a rattoppare chirurgicamente quelle pezze che chiunque – tranne lei – avrebbe già buttato via perché troppo vecchie e lise.

«Mamma! Puoi avere almeno l'educazione di guardarmi? Non so se ti è chiaro, ma io prima stavo lavorando, quando sei venuta a fare quello show.» Continua a non calcolarmi, quindi devo rincarare la dose. «Sai quanto ho guadagnato stamattina? Più di diecimila euro, grazie a quelle signore che hai trattato con sufficienza.» Ancora non mi guarda, ma a sentire le cifre del negozio spalanca gli occhi. «Non te n'è mai importato nulla di quello che c'era in bottega, per anni non ci hai manco messo piede, o sbaglio? E tutt'a un tratto ti presenti e rivendichi come tua della roba a caso, solo per toglierla a qualcuno che era veramente interessato! Potrei sapere perché?»

Sembra abbia la bocca cucita, e più fa così più mi infurio.

«Va bene, ho capito, dato che non mi rispondi vado da

Vincenzo, così magari mi spiega pure perché ieri sera aveva il quaderno di papà!»

«Lidia, non ti permettere!» strilla mentre imbocco il corridoio. Dovevo toccare quel punto dolente per farla parlare. Mi sta addirittura inseguendo.

«Tranquilla, mamma. Se non vuoi darmele tu, le risposte le trovo da qualche altra parte. E comunque ieri è stata violazione di proprietà privata! Il negozio non è il vostro, e dovresti essere contenta perché ti sei salvata dai debiti, che adesso sono tutti sul mio groppone. Fammi almeno la cortesia di non intralciarmi quando lavoro.»

La cosa della proprietà privata non so neanche se sia vera, ma mi è uscita così, di botto, perché se non alzo i toni non cavo un ragno dal buco. Voglio sapere cosa c'è tra lei e zio Vincenzo, e da quanto va avanti.

«Non provare ad andare da lui!»

«E perché no? Abbi pazienza, se non c'è nulla da nascondere, non vedo problemi se vado a fargli qualche domanda. Vorrei essere sicura che non abbia preso altre cose dalla bottega, sai com'è? Si è offerto di aiutare e non mi pareva vero, in questo momento così difficile. A quanto pare, invece, voleva solo frugare tra le carte di papà. E io, tanto per cambiare, sono la solita stupida che si fida della gente. Anzi, più che stupida sono una disperata, se mi devo guardare le spalle pure da mia madre e da un amico di famiglia.»

Lei sta zitta, ma ha gli occhi impauriti. Che diavolo mi sta nascondendo?

«Io me ne vado, e se appena esco vuoi avvertire Vincenzo che sto per andare a casa sua, fai pure. Punterò i piedi fino a quando non mi dice lui come stanno le cose, visto che fai l'omertosa! Fosse l'ultima cosa che faccio, mamma. Solo che poi, quanto è vero Iddio, tu e io abbiamo chiuso.»

Lei è immobile, la mascella contratta. Le lacrime iniziano a rigarle il viso.

Io vorrei gridare e capire perché mia madre in questo momento mi tratta come se fossi un'estranea. Anzi, peggio: una nemica.

Apro la porta, e un secondo prima che me la chiuda alle spalle lei allunga il braccio verso di me.

«Lidia, no!» mi implora, poi scoppia a piangere. «Ti prego, non mi lasciare pure tu.»

«Mamma» sospiro, «io ho bisogno di sapere perché ieri eravate al negozio. Capisco che tu ti possa sentire sola, e zio Vincenzo è un punto di riferimento per te, giuro che non ti giudico.» Mento, certo che la giudico, e anche male, ma se adesso non le dimostro comprensione si chiude a riccio e sono davvero costretta ad andarmene.

I suoi lineamenti si distendono e a poco a poco si calma. Ritorniamo in cucina, apre il frigo e versa in due bicchieri il tè freddo preparato da lei. Ci ha messo pure le fettine di limone, come piaceva a papà.

«Vincenzo è solo preoccupato per me, Lidia, e lo è anche per te, se proprio lo vuoi sapere. Ci ha lavorato pure lui in via Caravita, sa benissimo che è dura, soprattutto per una donna giovane come te, che ormai ha un fidanzato, un lavoro, una sua vita a Trieste e non si ricorda più come si campa qua.»

Non credo questo sia il momento adatto per raccontarle della pausa con Pietro, perciò mi limito ad ascoltarla mentre il tè rinfranca la mia gola secca e infiammata a furia di urlare.

«Mi ha consigliato di dirti di pensare alla vendita...»

La interrompo subito. «Scusa, ma Vincenzo come pensa che io possa campare, come dici tu, se lo vendo subito, che poi vorrebbe dire svenderlo, senza cercare almeno di smaltire ciò che c'è dentro la bottega? Tanto più che gli affari stanno andando bene! Ma sul serio credete che con lo stipendio da insegnante io riesca a pagare i debiti di papà e a vivere dignitosamente? Ho bisogno di mettere a posto Caffè Napoli, l'avete capito oppure no? E poi ho pure incontrato tre persone stupende, che mi stanno aiutando...»

«E chi sarebbero, scusa? Tua cugina che *nun tiene nient a che penza'*, quell'altro che invece di fare l'avvocato si deve intrigare delle cose nostre e poi... chi sarebbe la terza, sentiamo? Quella tipa strana vestita sempre di nero con la macchina fotografica?»

Non rispondo alle sue provocazioni, lei invece rincara la dose: «Vincenzo tiene esperienza, Lidia, ma veramente pensate a giocare alle commesse?».

«Che stai dicendo, mamma?»

«Che sto dicendo? Anche se non ci sto in negozio, credi che le cose non le vengo a sapere? Le foto, i vasetti con i fiori, internet, i quadri di papà che volete vendere, tutti quei soprammobili che pensate di rifilare a quelle vecchie annoiate che non sanno come riempire le loro case enormi di Posillipo e pensano di venire quaggiù e fare la carità...»

Non le voglio sentire le sue cattiverie.

«Quindi il modo di aiutare, secondo Vincenzo, quale sarebbe, sentiamo? Fare la spia?» le rispondo cercando di non alzare la voce.

«Lidia, te l'ho detto. Lui è solo preoccupato. Lo sa bene che non reggi. E pure tu lo sai bene.»

«Eh no, cara mamma. Io invece vado avanti. E né tu né lui potete mettere bocca... tanto non mi sembra che io ti stia chiedendo qualcosa, o sbaglio? O vuoi che ti paghi l'affitto per vivere qui... ah no, dimenticavo, questa casa è pure mia!»

«Sentimi bene, capisco che ora vuoi svuotare il negozio, ma devi pensare seriamente a vendere! Siamo a inizio luglio, la scuola comincia a settembre, devi salire a Trieste. Pietro non ti dice niente?»

«No, mamma, Pietro non mi dice niente.»

«E ti pareva!» Usa del sarcasmo perfido, ma ormai ho una corazza talmente spessa che non mi fa più male.

«Piuttosto, me lo spieghi tu come stai facendo con i soldi? Quando mi sono offerta di pagare la bolletta del gas, mi hai risposto che non mi dovevo preoccupare. Ma forse è ora che iniziamo a capire come gestire le spese di casa, non credi?»

«Continuo a dirti che non ti devi preoccupare!» Abbassa lo sguardo con aria colpevole.

«Mamma, e chi te li dà i soldi per mantenere questa casa?» Non mi risponde e insisto: «Tutte le volte che vai dal parrucchiere, o a farti la manicure, come fai? I tuoi risparmi, senza entrate, poi finiscono».

«Perché mi torturi così, Lidia? Ma che vuoi da me? Gli affari tuoi ti devi fare! Ti chiedo qualcosa? No, e allora non ti impicciare.»

«Perfetto, allora tu fai lo stesso con me, e dici al tuo amico di restituirmi le cose che ha preso in bottega!»

«Me li passa lui, i soldi, va bene? Sei contenta, mo'? Anzi, se proprio lo vuoi sapere, cara Lidia, non è mica da adesso che mi aiuta. Secondo te, tuo padre riusciva a portare a casa i soldi per tutti e due? Seee, seee... stai fresca! Sono anni che Vincenzo mi dà duemila euro al mese! Quindi cerca di trattarlo con rispetto.»

«Ma...» non riesco a pronunciare neanche una parola. Mi è caduto il mondo addosso.

«Sono vent'anni, Lidia. Venti. Da quando te ne sei andata, stavo sempre sola qua a casa e ci siamo avvicinati... Ma tu lo sai da quanto tuo padre non mi faceva una carezza? E da quanto non stavamo più insieme nello stesso letto?»

Ha ragione, non so proprio niente. E nemmeno vorrei saperlo.

«Ma scusa, e papà...» balbetto.

«Tuo padre non si è mai accorto di niente. Era troppo

preso da se stesso e dalle sue scemenze in negozio, sempre a dipingere quadri puzzolenti, a perdere tempo con quegli *strascinafacenne*! Questo ti fa capire quanto fosse lontano non solo da me, ma anche dalle cose di questa casa. Oppure sai che ti dico? Faceva finta di non sapere, quell'ipocrita, perché poi gli faceva comodo vedere che non gli mancava niente! E per come sono andate le cose, ho fatto proprio bene, Lidia. Non tengo manco mezzo rimorso.»

«Basta! Ti prego, basta! Non è abbastanza quello che gli avete fatto? Dovete pure offenderlo! Ma che vi faceva di male, dico io? Ma dove sta l'umanità, mamma, dove? Non ce l'hai mai avuta, tu. Sempre a criticare, a dargli addosso, a trattarlo come un poveraccio. E poi, vedi? A furia di farlo sentire così, è morto come un poveraccio per davvero!»

«Ben gli sta! E lo difendi pure. Sono io la cattiva, capisci? Io ho mantenuto *'o carro p'a scesa*, Lidia, e devo ringraziare solo Vincenzo se non sto in mezzo a una strada, mentre tu ora sei nella merda fino al collo.»

«Ecco, brava. Sembra che ti faccia quasi piacere. Ora ti dico io che non ti devi preoccupare!»

«Lidia, ascoltami. Vincenzo può aiutare anche te. Se lo può comprare lui il negozio, così tu puoi tornare a Trieste. Lui c'ha già le persone che lo prenderebbero in affitto.»

Mi sento morire. Dopo essere andato a letto con mia madre per un sacco di tempo, ora ci vuole togliere la bottega, l'ultima cosa di papà che ancora è in vita. Una vita amara, ma comunque non permetterò che scompaia.

«Piuttosto lo vendo al primo che passa, ma a lui non glielo dò manco morta, mamma! Puoi passargli pure l'informazione. E non si facesse più vedere, perché non rispondo di me. Ma poi, come avete potuto fare questo non solo a papà, ma alla povera zia Maria! Altro che tumore, sarà morta di crepacuore.»

«Non ti azzardare, Lidia!»

«Scusa? Tu mi puoi offendere, avvelenare con le tue parole e io non mi posso permettere di avere pena per la moglie di Vincenzo?»

«Tieni la capa tosta, tu. Vedi di non ridurti come tuo padre. Vincenzo la mano te la dà ora... poi non lo so.»

«Digli di mettersela in quel posto, la mano!»

«Sei una maleducata e una villana.»

Vorrei risponderle che è una traditrice, falsa, opportunista e cattiva, ma ormai a cosa servirebbe?

31

Si può celebrare un funerale da vivi?

Ho appena messo una croce sul rapporto mio e di mamma. Non credo che le cose potranno mai tornare a posto. Pensavo che il tradimento di un fidanzato o di un'amica fosse quanto di più doloroso potesse capitarmi, ma non avevo ancora provato la sofferenza che deriva dalla rottura con la propria madre. È devastante, come se qualcuno mi strizzasse il cuore nel petto.

Non è una ferita che credo che col tempo si rimarginerà.

Ti senti spezzato, monco, azzoppato. È un dolore mutilante, definitivo. Quando scopri di non conoscere davvero le vite dei tuoi genitori, perdi qualsiasi riferimento, qualsiasi appiglio, la base solida su cui fino a poco prima ti appoggiavi. A qualsiasi età. Io, alla soglia dei quarant'anni, soffro come se ne avessi dieci. Forse perché si resta sempre un po' figli, anche da adulti.

«Ma dove sei stata? Sei uscita talmente di fretta che hai dimenticato il telefono qui. Ma cos'aveva prima zia Paola?»

Alice mi accoglie in negozio giuliva e soddisfatta per com'è andata la mattinata, ma appena vede la mia espressione funerea cambia subito discorso.

«Guarda che ho venduto un quadretto molto carino alla moglie di Maurizio il salumiere. Quello con il mare in tempesta e la panchina. Quattrocento euro *cash*, senza neanche la cornice! Ho il commercio nel sangue, lo sapevo io.»

Sta riponendo su delle stampelle imbottite e ricoperte di carta velina alcune sottovesti in seta che papà avrà comprato in stock da qualche parte, chissà quando, e che per fortuna non si erano rovinate. La moglie di Nanà poi le ha fatte uscire come nuove, in cambio ci ha chiesto di tenerne due per il corredo delle sue figlie.

Hanno dei colori magnifici, anche se sono tutte tonalità tenui – bianco, ocra, grigio perla – e Alice le sta ordinando dalla più chiara alla più scura. Ce n'è solo una nera con del pizzo che ha tenuto da parte.

«Questa non la appendi?» le dico fingendomi interessata, anche se la testa è da un'altra parte.

«Pensavo potessi tenerla tu... per qualche serata particolare.» Mi guarda e mi fa l'occhiolino.

Evito di commentare e la ringrazio per la vendita del quadro. Sono talmente triste che non ho neanche capito quale sia.

«Che poi, la moglie di Maurizio... ma tu lo sai che mi ha chiesto se fossi incinta? Mica hai detto qualcosa tu, vero?»

«Cice, davvero pensi che io vada a dire certe cose in giro?»

«Ma infatti, mi era sembrato strano. Mi ha detto pure che secondo lei è un maschio perché ho il sedere da mamma di maschio! Ma tu vedi un po'...»

«Tipica saggezza popolare! Be', un bel maschietto non sarebbe male, no?» le dico immaginando la mia iperfemminile cugina alle prese con macchinine, scarpe da calcio e videogiochi di guerra.

«Ah, dimenticavo. È passato Francesco, ha provato a telefonarti ma il cellulare era in negozio.»

«Grazie, ora lo richiamo, doveva aggiornarmi su una questione importante...»

«Cugina?» Quando mi chiama così so già che mi vuole fare domande scomode. «Ma non è che devi dirmi qualcosa? Tipo che dato che il gatto Pietro non c'è più, i topi Francesco e Lidia... dài, portati a casa la sottoveste, ascolta la *mia* saggezza popolare!»

«Ma figurati! Abbiamo altro a cui pensare tutti e due, ti assicuro.»

«Sarà...» mi risponde lei sorniona.

Mezz'ora dopo, nell'attimo in cui Cice sta uscendo a pranzo con Gregorio, compare Francesco. Lei mi guarda e mi rifà l'occhiolino, come a dirmi "che ti dicevo? Non me la raccontate giusta!".

Lo invito a entrare, non ha una bella cera, vorrei chiedergli come sta ma mi precede. «Lidia, tutto bene?»

«Mah, insomma, qui in bottega è andata benissimo stamattina, meglio di quanto avrei potuto sperare, ma subito dopo ho avuto un confronto molto acceso con mamma. Lasciamo stare... Tu? Mi ha detto Alice che sei passato...»

«Dovevo assolutamente parlarti, oggi mi sono fatto sostituire da un collega in udienza e ho spulciato tutto il quaderno di tuo padre. Sono stato in un paio di uffici e forse sono riuscito a comporre il puzzle.»

«Ti anticipo che non sono pronta per altre brutte notizie.»

«Non so se siano brutte o meno, questo lo dobbiamo ancora scoprire. Ma una traccia c'è. Diciamo che non brancoliamo più nel buio. Le iniziali A.G. sono praticamente le sole a cui sono indirizzati i pagamenti. Felice gli ha dato trecentocinquantamila euro in tutto.»

«Esattamente l'importo del prestito...» continuo io. «Se però riusciamo a trovare questo A.G. possiamo capire anche il motivo per cui papà si è indebitato così.»

«Qui arriva la novità, Lidia. Le iniziali, molto probabilmente – anzi, ne ho quasi la certezza –, non si riferiscono a un uomo, ma a una donna.»

«Come fai a esserne così sicuro?»

«Guarda, è una coincidenza incredibile: ho recuperato l'atto notarile con cui Felice ha acceso il mutuo sul negozio e, tieniti forte, è stato stipulato da un amico di famiglia di Augusto. Sono stato da lui per cercare qualche informazione in più, e si ricordava perfettamente di tuo padre, dato che gli commissionò un quadro che poi Felice gli regalò. Un quadro che tiene ancora appeso nel suo studio.»

«Non ci posso credere...»

«Mi ha detto che tuo padre non ha stipulato l'atto da solo, era in compagnia di una donna.»

«Ma se mia madre non ne sapeva nulla, chi era questa tizia?»

«Ecco, sei pronta?»

«Guarda, sono pronta a tutto, ormai.»

«Si chiama Armida. Come la madre del notaio, ecco perché il nome se lo ricorda.»

«E tu pensi che questa Armida possa essere la stessa dei trasferimenti?»

«Questo è da vedere; se il cognome inizia con la G, allora sì, due indizi fanno una prova.»

«Ma il notaio si ricorda più o meno l'età, com'era fatta?» gli domando con il cuore in gola.

«Era bionda, mi ha detto che era una delle donne più belle e provocanti che avesse mai visto ed era più giovane di tuo padre, ma non più di una decina d'anni.»

«Almeno la G non sta per Gambardella, e mio padre non ha una figlia segreta... che ti devo dire? A questo punto mi aspetto qualsiasi cosa!»

Francesco mi sorride, ma poi riporta la discussione sul piano della razionalità.

«Se però questa persona conosceva così bene Felice al punto da accompagnarlo a stipulare un atto importante e segreto, qualcuno dei suoi amici l'avrà incontrata, no? Possiamo chiedere al giro più stretto di persone che gravitavano attorno a tuo padre.»

«Si può provare, certo. A quanto ho capito non passava inosservata...»

Glissiamo entrambi sul fatto che papà potesse nascondere qualcosa – una relazione clandestina, per esempio.

Forse c'è una quantità di dolori, delusioni, fallimenti già programmata appena nasciamo e che ognuno di noi, nella vita, deve necessariamente provare. Io fino a oggi pensavo mi fossero toccati in sorte contingentati. Sbagliavo, li sto provando tutti adesso, abbondanti e concentrati, in una volta sola.

«Che dici, Lidia, andiamo a mangiare qualcosa? Facciamo fare due panini mozzarella, pomodoro e basilico da Don Peppe?»

«Ti accompagno, ma prendo solo un po' d'acqua frizzante. Ho lo stomaco chiuso.»

«Allora resto qua con te, mangiare da solo mi fa tristezza.»

«Mi fai sentire in colpa, così. Dài, vengo e prendo un gelato. Non può farmi male, no?»

«Soprattutto se è un ghiacciolo alla Coca-Cola con il ripieno di limone. Te lo ricordi il Magic Cola, Lidia?»

«Certo, ma soprattutto mi ricordo di quando lo rubasti per me...»

Chiudiamo il negozio e ci avviamo.

All'alimentari c'è Nanà. Sta aspettando che Peppe gli affetti la mortadella al pistacchio e gli riempia lo sfilatino aperto a metà sul bancone. Il profumo si sparge per tutto il negozio.

«Uè, Lidia bella. *Tuttappost*, sì?»

«*Tuttappost* e niente in ordine, Nanà, ma andiamo avanti» gli rispondo raschiando dal fondo l'ultima dose di ironia che mi è rimasta.

«Senti un poco, Lidia, ma gira voce che volete vendere...»

«Veramente non mi risulta. Ma poi: chi le mette in giro 'ste voci?»

«Me l'ha detto mio fratello, a cui l'ha riferito Macchiulella.»

Pino Esposito, detto Macchiulella perché sul viso ha una voglia rossa dalla nascita, era il factotum di Vincenzo, come Nanà lo era per mio padre. Anche dopo la vendita della tabaccheria continua a lavoricchiare per lui, sbrigandogli qualche commissione.

La fonte di Macchiulella è di sicuro Vincenzo, che dà per scontato che prima o poi venderemo. Ha sopravvalutato il potere di convincimento di mia madre. Ma soprattutto ha sottovalutato me.

«Visto che sapete tutto, Nanà» Francesco coglie la palla al balzo, «per caso la bottega di Felice era frequentata da una certa signora Armida? Perché abbiamo trovato delle cose che le appartengono, probabilmente le aveva date in conto vendita e vorremmo restituirgliele.»

Il nostro interlocutore sgrana gli occhi e diventa paonazzo.

«No, mi dispiace, mai sentita... Uè, Peppe, allora 'stu panin? È pronto oppure no?»

Domanda più scomoda non potevamo fargli, dato che paga velocemente e sparisce. Non l'ho mai visto così impaurito, nemmeno quando litiga con Ciro 'o Pazz.

«Non ti è parso strano, Nanà, quando gli hai chiesto di Armida?» domando a Francesco una volta tornati in bottega. Sta finendo il suo panino, mentre io il mio gelato l'ho divorato.

«Altroché. Anche se non stessi per diventare giudice gli avrei visto scritta in fronte la parola "bugiardo".»

«Mi credi? Vorrei mollare tutto e scappare come ha fatto lui dal negozio di Don Peppe. Far perdere le mie tracce, rifugiarmi su un'isola deserta... voglio proprio vedere come mi trova l'Agenzia delle Entrate! Anzi... quasi quasi ci penso veramente.»

«Mi sa che non puoi» mi risponde, facendosi serio.

«Hai ragione, sono troppo onesta o, meglio, troppo scema... mi stanerebbero pure in capo al mondo e finirei in una di quelle prigioni desolate senza finestra, a mangiare da una ciotola...»

«Non intendevo questo...»

«Ah, no? E cosa, allora...»

«Se sparisci, io poi come faccio?»

È ancora serio, io invece sto diventando rossa. Succede sempre così quando mi emoziono. Oltre alla mia endemica incapacità di arricchirmi, come mio padre, non so neppure mascherare quello che provo.

«Saresti il solo a cui interesserebbe qualcosa...» gli dico tenendo lo sguardo basso. Forse ad Alice, ma si riprenderebbe subito con il bambino, Gregorio e la sua bella vita.

Lui si avvicina e mi solleva il mento con la mano. Io oppongo una blanda resistenza perché non so se in questo momento riuscirei a sostenere il suo sguardo. Mi tremano le gambe e temo che la mia agitazione rimbombi in tutta la stanza.

Non posso credere che stia succedendo, che il ragazzino con cui giocavo proprio in questo posto preciso, trent'anni dopo, mi stia per baciare. Stavolta sul serio. Le mie mani gli cingono la vita, si infilano sotto la sua giacca e risalgono sulla schiena liscia e muscolosa.

«Ma vi rendete conto? Cinque euro una risma di carta! Mo' pure i cinesi si so' imparati e hanno alzato i prezzi e...» Alice piomba in negozio e, appena ci vede, sul suo viso compare una smorfia incredula. Sgrana gli occhi quasi mortificata. «Oh, scusate, mi sono dimenticata una cosa, devo uscire di nuovo! Guarda che sbadata, scusate tanto, davvero...»

Anche lei si dilegua alla velocità del suono. Io e Francesco iniziamo a ridere, sempre più forte, finché mi viene quasi il singhiozzo.

32

«Tu ora mi racconti tutto, cugina! Come al solito avevo ragione io! È che se aspettavo voi, stavate freschi! Pensavo fosse freddo di chiamata il ragazzo e invece... e comunque è tutto merito mio!»

«Cice, che diamine hai combinato?» le chiedo fingendomi risentita. Ma lei lo sa benissimo che, qualsiasi cosa abbia detto o fatto, posso solo dirle grazie. Oggi poteva essere uno dei giorni più tristi e bui della mia vita, e invece è arrivato il raggio di sole Francesco.

«Nulla che non sarebbe comunque successo, ho solo contribuito ad accelerare le cose... come dire, con una spintarella.»

«Cioè?»

«Be', cugina. Io capisco che tu abbia avuto dei giorni terribili, in cui hai pensato solo a far quadrare i conti, ma per fortuna io ho notato come ti guardava Francesco. E poi, senti, secondo me un po' di sesso ti farebbe bene. Anzi, nella tua situazione è proprio necessario. Da prescrizione medica.»

«Cice, ti prego!»

«E quindi lui e io abbiamo fatto una chiacchierata, quando è passato in negozio a cercarti. Lo vedevo un po', come dire... aspetta che trovo le parole adatte... frenato, represso, ma soprattutto triste. Era bloccato perché pensava ci fosse ancora Pietro. Pertanto, mi è sembrato giusto aggiornarlo. L'ho fatto anche per lui, che ti credi? Mi faceva veramente pena vederlo mentre ti stava vicino come un cagnolino, con l'aria sognante. E come posso essere spettatrice inerme di un tale spettacolo? Due persone che tutto il mondo si accorge che si piacciono, e loro sono gli unici a non rendersene conto.»

«Ma io, fino a quando lui non mi ha quasi baciata, non avevo capito quanto mi potesse piacere e soprattutto di piacergli...»

«Quindi mi perdoni per averti interrotto?» mi dice con gli occhioni imploranti.

«Mmh... vediamo. In realtà devo ancora perdonarti per Djerba!»

«Eh no, quello è andato in prescrizione!»

Tutto il dolore che ho provato fino a poco fa, le macerie del rapporto con mia madre sono stati spazzati via da una carezza sul viso, da un "se sparisci, io poi come faccio?".

E adesso quel *friccicore* è esploso e non faccio che pensare a quando lo rivedrò di nuovo, anche se ci siamo salutati un'ora fa.

«Ora però lavoriamo, eh? Che qua vanno bene le farfalle nello stomaco, ma pure i soldi nelle tasche, signora mia, ci servono!»

Alice ha ragione, dobbiamo concentrarci sulle vendite e soprattutto capire cosa fare quando avremo smaltito tutta la merce. Lei anticipa i miei pensieri.

«L'e-commerce funziona, soprattutto all'estero, e la bottega piano piano si sta svuotando, ma non può diventare solo un magazzino per le vendite online. Dobbiamo rafforzare il negozio fisico, capire dove concentrare il nostro business e di conseguenza pianificare una campagna acquisti. Mila e io pensavamo a Londra, che ne dici?»

«Ma io non ho ancora soldi da investire. E non solo per le trasferte, pure per poter comprare articoli nuovi...»

«Ecco, ti avremmo voluto parlare insieme, ma in qualità di cugina credo di avere comunque una prelazione, anche solo per esporti quello che abbiamo pensato.»

«Mi gira la testa, ma vai pure.»

«Quello è l'amore, Lidia... tranquilla!»

«Dài! Parla.»

«Ti faccio un riassunto, ovviamente, perché il *concept* è decisamente più complesso e strutturato e ti stiamo preparando anche una presentazione con tanto di business plan. Il fatto è che Caffè Napoli deve fare un salto di qualità: da bottega di rigattiere si deve trasformare non solo in una boutique vintage, ma deve avere un settore dedicato all'arte. Noi lo vediamo come un laboratorio creativo, dove possiamo ospitare ogni volta un artista differente. Una pittrice, una fotografa, un ceramista, un poeta...»

«Poeta?» La guardo stupita.

«Vabbè, dico per dire... lo studio di zio Felice diventerebbe uno spazio dove chi vuole esprimere la sua arte trova casa.»

«Sono senza parole ma... non vorrei fare la guastafeste, vi ricordo che anche se le vendite stanno andando bene, io sono in rosso. E poi è naturale che all'inizio tante persone siano interessate, è la novità, ma sono certa che quando anche il giro allargato della mamma di Mila, di zia Pucci e il passaparola finiranno, resteremo con il cerino in mano...»

«Lidia, è proprio adesso che le cose stanno andando bene che dobbiamo pensare a quello che faremo non solo tra un mese, ma anche fra sei.»

Chissà dove sarà Francesco, tra un mese.

Mi squilla il telefono, è lui. Giro il cellulare per far vedere a Cice da chi arriva la chiamata.

«Rispondi al tuo bello, va'... io continuo a caricare le ultime cose sullo shop e poi vado a casa. Domani mattina Mila e io veniamo qui alle otto, dobbiamo chiudere gli ultimi pacchi, dato che il corriere passa alle undici a ritirarli. Abbiamo fatto fuori le sottovesti. Peggio per te!»

«Pure quella nera?»

«No, quella no...» e mi lancia un bacio.

Mi sposto nel retro per rispondere con calma.

«Dove sei?» gli domando.

«Ora sono in studio, sono passato per un'emergenza. Ti passo a prendere stasera e andiamo a cena, va bene per le nove?»

«Perfetto, forse mi trovi ancora in negozio...»

Non mi va di aspettarlo a casa, anche se ho bisogno di una doccia e di cambiarmi... Ci salutiamo e guardo l'orologio per vedere quanto manca a riabbracciarlo.

Ritorno da Alice, che mi chiede com'è andata la telefonata e quali sono i miei programmi per la serata. Le racconto dell'invito a cena e anche che non ho voglia di salire a casa, perché con mamma sono ai ferri corti.

«E che problema c'è, vieni da noi! Ti presto tutto io!» mi propone lei tutta contenta.

«Cugina, tu porti la taglia 38. Forse mi entra qualcosa premaman, ma sei ancora troppo magra per i miei standard, anche se sei incinta!»

«Facciamo così, ti accompagno io a casa, così tu e zia Paola non potete litigare. Anzi, le do pure la bella notizia! Ho detto a mamma che glielo avrei comunicato personalmente.»

Quando più tardi andiamo da me, però, di mamma non c'è traccia. Trovo un biglietto sul tavolo della cucina: "Vado a stare per qualche giorno da un'amica. Ci farà bene stare un po' separate. Se hai bisogno mi trovi al cellulare".

«Ma zia Paola ha un'amica?» esclama Alice quando legge. Anche lei sa che è un orso solitario.

Mi rendo conto che sia mia madre sia il mio ex mi hanno chiesto una pausa di riflessione. Però non ho tempo di intristirmi, stasera ho un appuntamento con la felicità e nessun pensiero o persona lugubre me lo rovineranno.

«Dài, cugina, ti faccio da stylist che ho paura di come ti conceresti! Me lo fai scappare quel povero ragazzo!»

33

Non pensavo bastassero una semplice gonna nera che chissà da quanto stazionava nel mio armadio adolescenziale, una T-shirt bianca e i tacchi indossati al matrimonio di Alice a rendermi così bella. Un velo di trucco, una borsa vintage che ho trovato in bottega e un profumo alla vaniglia completano il look ideato da mia cugina.

Quando sentiamo il citofono suonare, mi sale il cuore in gola.

Francesco è nel cortile, appoggiato alla macchina, con un paio di jeans e una polo blu scura. Nel vederlo sul mio viso si accende un sorriso enorme.

Diamo un passaggio ad Alice fino a casa – un attico vista mare in via Riviera di Chiaia. Gregorio la aspetta sotto al palazzo. Quando arriviamo, le apre la portiera, la abbraccia e le dà un bacio sui capelli, poi entrano mano nella mano nel portone maestoso.

Per una volta nel vederli non provo un sentimento doloroso, perché accanto a me c'è Francesco.

«Come stai?» gli chiedo prendendogli una mano.

«Sei bellissima» mi risponde e mi bacia il palmo, tenendolo stretto. «Ho prenotato a Marechiaro, va bene?»

Non avrei desiderato cenare in nessun altro posto.

«Ci andavo sempre con papà, quando ero piccola...»

«Lo so, ci portava anche me. Passeggiavamo guardando il mare e poi, al ritorno, faceva una cosa proibita: mi comprava il *cuoppo* con la trippa, sale e limone.»

Li immagino insieme, seduti sul muretto con le gambe penzoloni a parlare di "cose da uomini".

«A me e ad Alice, invece, prendeva sempre una pannocchia bollita, con il divieto assoluto di confessarlo a mamma!»

«E perché mai?»

«Ah, e che ne so! Ma per mia madre tutto quello che si acquistava per strada era pericolosissimo. Credo che una volta – pur di non farci mangiare quella benedetta pannocchia – disse che aveva visto delle persone sputare dentro il grande pentolone dove le cuocevano.»

Ci guardiamo e scoppiamo a ridere.

Parcheggia, ma nessuno dei due scende dalla macchina.

«Stasera vorrei fare finta che la brutta storia di papà non esista, che io non debba cercare questa Armida...» gli dico senza soppesare le parole che, con lui, mi escono fluide.

«Facciamo che stasera ci siamo tu e io e al resto ci pensiamo domani.»

Finalmente si avvicina, io chiudo gli occhi... e sentiamo un cellulare squillare. Non ci posso credere. Mi sa che nemmeno stavolta è destino.

Il telefono è inarrestabile e non è il mio, perché previdentemente ho tolto la suoneria. È il suo, lo prende dal portaoggetti dell'auto. Sullo schermo lampeggia "Papà".

«Lasciamolo suonare...» mi sussurra nell'orecchio. Io però ho un brutto presentimento.

«Ti prego, rispondi, magari è una cosa importante...» gli dico a malincuore.

Risponde, un po' seccato. Dall'altra parte Angelo sembra turbato, Francesco cerca di calmarlo, ma è preoccupato. Me ne accorgo perché mi stringe sempre più forte la mano, poi la conversazione si interrompe.

«Lidia, non l'ho mai sentito così. È scoppiato a piangere ed era molto agitato. È cardiopatico e non vorrei gli venisse qualcosa.»

«Andiamo da lui, dài.»

Per fortuna la strada è libera, le nostre mani sono sempre unite ma i pensieri di Francesco sono da tutt'altra parte.

«Mi ha detto che voleva parlare anche con te.»

«Con me?»

«Prima di tornare in studio, dopo che sono passato a cercarti in negozio, sono andato a portargli le medicine per la pressione. Per non rischiare di perderla, ho lasciato sul tavolo in cucina la cartellina con il quaderno di Felice, l'atto notarile e i miei appunti. Papà li ha trovati, e quando li ha letti mi ha subito telefonato, perché...»

«Perché, cosa?»

«Lidia, mio padre mi ha detto che conosceva Armida.»

34

«Gli avevo promesso di non dirlo a nessuno.» Angelo guarda nel vuoto, è visibilmente sconvolto.
«Papà, cosa non dovevi dire?»
«Gli avevo promesso di non dirlo a nessuno» ripete.
«Cosa, papà, cosa?»
«Francesco, credo sia sotto shock. Ma cosa può aver scatenato questa reazione? Non capisco!» Porgo ad Angelo un bicchiere d'acqua, lui lo beve tutto d'un sorso.
«Pensavo che non si sarebbe mai saputo, ho provato a dirglielo che era rischioso... ma lui niente! Niente.»
«Angelo, calmatevi. Non c'è nulla che non possiamo risolvere, basta che ci raccontiate tutto. Prendetevi tutto il tempo, noi siamo qui...»
Francesco mi guarda e mi sorride, come se fosse sorpreso dei miei modi così amorevoli nei confronti di suo padre. La mia calma riesce a tranquillizzare anche lui.
«Armida Gigante, è stata lei a metterlo nei guai... Felice era una brava persona! Lei e quel delinquente del fratello, Luciano Gigante, invece...»
Questi nomi non mi dicono niente, sono persone che non ho mai conosciuto. È come se in via Caravita, accanto alla

vita normale che scorreva sotto gli occhi di tutti, ce ne fosse un'altra parallela, segreta. Un sottobosco di anime cattive.

«Papà, non riesco a seguirti. Per favore, non ci aiuti se parli a spizzichi e bocconi.»

«Ok, d'accordo...» Mi chiede un altro bicchiere d'acqua, Francesco lo va a prendere.

«Lidia, tuo padre era troppo perbene, un signore. Però a Napoli essere signori è una maledizione, perché ti divorano.»

Resto in silenzio. Francesco mi mette una mano sulla spalla, accarezzandola. Sentiamo entrambi che tra poco scoppierà una bomba.

«Io me ne sono accorto subito, la signora sapeva il fatto suo. Bellissima, con lo sguardo da povera indifesa che però, quando meno te lo aspetti, si approfitta di te! E tuo padre c'è cascato con tutti i panni. Ma arrivare a pagare tutti quei debiti... mi aveva giurato che non l'avrebbe fatto! E invece!» Adesso Angelo parla come un fiume in piena, spero di capirci finalmente qualcosa. «Quando Armida è entrata per la prima volta in negozio, Felice è rimasto folgorato. Lei gli faceva un sacco di complimenti sui quadri, ogni giorno passava da lui. Si è offerta anche di fargli da modella, e io quel ritratto di nudo integrale ce l'ho ancora negli occhi. Come potevi resistere a una creatura così?»

Davanti a me ho l'immagine di mio padre che ritrae una bellissima donna nuda, e mi sforzo di non pensare a cosa possa essere successo dopo. Ma come è possibile che tutte le emozioni di una vita si siano concentrate in queste ultime settimane?

«Avevano iniziato a incontrarsi a casa vostra, non al Caffè Napoli, perché era troppo azzardato. Anche perché Armida non passava inosservata.»

«Scusa, papà, e quindi si vedevano a casa? E se fosse tornata Paola? Non sarebbe stato peggio?»

«Lo avrei avvertito subito io, stavano insieme quando lei andava dalla madre o usciva...» O andava da Vincenzo, penso.

Leggo sul volto di Francesco la delusione nel sapere che suo padre faceva da palo per le malefatte del mio.

«Armida era molto brava a fare i capelli e andava ogni settimana dalla signora De Luca. Quindi era del tutto normale che si vedesse nel palazzo, anziché in negozio.»

Mi sembra tutto così surreale: mia madre che esce, la parrucchiera che sgattaiola dall'appartamento della signora De Luca e sale a casa nostra, Angelo che copre le spalle a mio padre. Mi sfilano davanti, come i personaggi di un brutto film.

«Armida teneva un fratello, Luciano. Uno sciagurato con il vizio del gioco. Si era fatto fuori tutti i gioielli di famiglia, quei pochi che tenevano. Pure la fede della mamma si era venduto. Un giorno due energumeni sono entrati qui, nel palazzo, aggredendomi e chiedendo di tuo padre. Senza mezzi termini mi hanno lasciato un messaggio per lui: se non avesse pagato i trecentocinquantamila euro di debiti di Luciano, gli avrebbero bruciato il negozio e avrebbero detto a Paola della sua storia con Armida. Gli avrebbero rovinato la vita.»

Sento una fitta allo stomaco e mi accorgo che mi tremano le gambe. Mi siedo, ma il dolore non passa.

«Gli ho consigliato di andare dai carabinieri, perché lui non c'entrava niente. Ma Felice aveva paura di perdere tutto. Anche Armida.»

«E tu hai portato questo segreto per tutti questi anni, papà?»

«Sì, ma poi Felice mi aveva detto che le cose si erano sistemate! Che Luciano era riuscito a trovare i soldi, che lo aveva aiutato pure Armida, perché come parrucchiera aveva un bel giro. Gli strozzini non lo avrebbero più minacciato. E infatti non li ho più visti. Era stato solo un brutto incubo da cui ci eravamo tutti svegliati...»

«E invece in quest'incubo adesso ci sono finita io.»

«Lidia, ti giuro, quando prima ho letto i documenti, ho visto quella cifra, il prestito, mi è caduto il mondo addosso. Mi sono sentito male... Felice mi aveva mentito perché non lo scocciassi più visto che ogni giorno gli dicevo di andare a denunciare in caserma. E che, se non l'avesse fatto, ci sarei andato io. Ma mai avrei pensato ai debiti!»

«Ma mio padre come l'ha conosciuta, questa Armida?» gli chiedo.

«Gliel'ha presentata l'amico suo... Vincenzo.»

Sbianco. Non posso credere che gli abbia pure portato il nemico in casa.

35

Lasciamo riposare Angelo e usciamo. Nell'ultima ora è come se ci avesse investito un'onda anomala, che ha raso al suolo le poche certezze che ci rimanevano.

I nostri padri mantenevano un segreto enorme, e noi per anni abbiamo pensato che le loro vite trascorressero in modo noioso, addirittura piatto. Via Caravita 10 era l'emblema della monotonia, abitata da persone piccolo borghesi che si dividevano tra casa e lavori pagati quel tanto da farle sentire soddisfatte e grate.

«Questa Armida ha cercato di restituire i soldi a tuo padre, evidentemente glieli passava in contanti e lui ne teneva traccia sul quaderno. Io penso che Nanà fosse a conoscenza di tutto, vista anche la reazione che ha avuto da Don Peppe» mi dice Francesco.

«Ma è ovvio che sapesse... a quanto pare solo noi eravamo all'oscuro di questa storia. Io ci devo andare a parlare, mi deve dire dove posso trovarla...»

« Meglio risalire alla fonte, Lidia.»

«Cioè?»

«Io andrei da Vincenzo. E credo che non si sia limitato a presentare Armida a tuo padre. Come te lo spieghi che aveva il quaderno in mano, l'altra sera? E perché si è offerto di portare via tutti i documenti dal negozio? Probabilmente cercava di nascondere qualcosa.»

Mi viene da piangere, e inizio a sentire freddo, anche se ci saranno trenta gradi. Francesco ha ragione, ma gli manca un pezzo della storia. Ancora non sa che Vincenzo e mamma sono amanti da vent'anni e che lui le passa dei soldi di nascosto. Non immagina neppure che vorrebbe acquistare lui il negozio.

Mi vergogno per tutti loro.

«Andiamo... anzi, vado. Questa cosa la devo risolvere da sola.»

«No, ti prego. Vengo con te.»

«Ho bisogno di parlarci a quattr'occhi.»

«Va bene, allora ti aspetto sotto il palazzo.»

«Non so quanto tempo ci vorrà, Francesco. Ho bisogno di chiarire tante cose.»

«Io resto, e mi trovi lì sotto anche se scendi domani mattina. Anzi, tieni il telefono in tasca e per qualsiasi cosa chiamami che arrivo e sfondo la porta di casa di Vincenzo.»

«Francesco, non fare stupidaggini, sarai un pubblico ufficiale, non sia mai che questa storia di merda ti rovini la carriera.»

«Stai tranquilla, Lidia, a me ci bado io.»

Forse questa è la prima volta che l'espressione "stai tranquilla, Lidia" ha un senso per me.

Camminiamo fin sotto casa di Vincenzo, in piazza Carità. La luce della cucina è accesa, suono al citofono e lui mi apre senza neppure chiedere chi è.

Quante volte sono salita da lui a giocare, quanti Natali o Capodanni trascorsi a chiacchierare, a guardare la televisione, o a preparare le passate di pomodoro d'estate con mamma e zia Maria. Adesso mi sento come se dovessi andare a casa dell'aguzzino di papà, e di conseguenza anche mio.

Salgo a piedi le vecchie scale di tufo, e quando arrivo davanti alla sua porta ho il fiatone. Vincenzo mi accoglie con un'espressione funerea, come se mi aspettasse.

«Lidia... Sarei venuto io da te, per chiarire il malinteso...» dice, mentre mi fa accomodare in sala da pranzo.

«Un malinteso... e quale dei tanti?»

«L'altra sera, con tua madre. Non so tu cosa abbia visto, ma volevo rassicurarti. Io le voglio bene, non mi fraintendere, ma non c'è niente tra noi... soprattutto perché ho rispetto di Felice.»

«Ah, parli di rispetto! Proprio tu? Bene, allora chi è Armida? E perché papà le ha dato tutti quei soldi? La conoscevi bene, perché gliel'hai presentata tu...»

Vincenzo impallidisce. «Non so di chi tu stia parlando.»

«Sei proprio sicuro? Faceva la parrucchiera, forse ti ricordi meglio del fratello, di Luciano. Giocava a carte, era una specie di delinquente, lo hanno visto spesso in via Caravita... tu conoscevi tutti, mi pare molto strano, Vince', che proprio non ti dica nulla.»

«Lidiù, ma chi ti ha riempito di scemenze 'sta testa?»

«Persone di cui mi fido. E soprattutto di cui si fidava papà.»

«Seee, seee... quello si fidava di tutti quanti. E s'è fatto fottere, Lidia, e io non c'entro se pigliava tutto pe' buono.»

Mi sale una rabbia mai provata prima, non sopporto che parli così di papà. Che la sua memoria venga derisa, che la sua disponibilità venga scambiata per debolezza.

«Non ti permettere!» Mi avvicino per guardarlo dritto negli occhi. «E tu, che gli eri così amico, non hai fatto niente per evitare che venisse fottuto? Spiegami un po', non hai mai pensato di dargli una mano? Sei buono solo a criticare adesso che è morto, eh?»

Non ci credo che gli sto parlando così, ma non ho più niente da perdere e non me ne vado da qui se non mi dice dove posso trovare questa Armida. Se dimostro che i soldi sono andati a lei, posso fare qualcosa... la denuncio per truffa, mi farò aiutare da Francesco e inizierò una causa che riabiliterà la memoria di papà. E mi farò risarcire, altroché.

«Lidia, tuo padre aveva perso la capa appresso a quella poco di buono... io glielo avevo pure detto. Ma lui niente, non voleva proprio sentire ragioni. È stato punito, perché lei si è presa i soldi per pagare i debiti del fratello...»

«Perché sei andato in negozio l'altra sera, che volevi? E perché hai preso il quaderno, cosa speravi di trovarci?»

«Ma figurati, niente, volevo un ricordo...»

«Vincenzo, ma tu pensi veramente che io tengo scritto "Gioconda" in fronte? Di tutte le cose di papà, proprio i trasferimenti a questa Armida Gigante volevi?»

«Tu sei pazza, Lidia.»

«No, non sono pazza, anche se faresti di tutto per farmi passare per folle. Tu c'entri con questa cosa dei soldi, Vince'? Dimmelo!»

«Sei pazza e te ne devi andare, ora, subito, da questa casa. E non ti fare vedere mai più.»

«Io non me ne vado fino a quando non mi dici la verità, perché lo so che mi nascondi qualcosa, te lo leggo in faccia. State mentendo tutti: e se non parli tu, chiedo di nuovo a Nanà, e se continuate a fare il gioco sporco io vado veramente dai carabinieri! Così ricostruiscono loro i fatti e vediamo se c'entri oppure no.»

«Ma vai dove vuoi... non tieni niente in mano, Lidia. Sei pazza, sei pazza! Non tieni le prove. Armida è morta due anni fa, era nullatenente. E Luciano sta in una casa di cura, strafatto di psicofarmaci. Sai che risate che si fanno i carabinieri, Lidia. Vai, vai.»

Vorrei ribaltargli addosso il tavolo, rovesciargli in testa i bicchieri pieni di vino rosso. Mi accorgo soltanto ora che è apparecchiato per due. Vincenzo non è da solo, e io inizio ad avere paura. Mi infilo le mani in tasca e prendo il cellulare.

«Le prove ce l'ho io, Vince'.»

Mia madre esce dalla cucina. Non credo ai miei occhi, era nascosta e ha origliato tutto, senza intervenire, senza difendermi. Se non dovessi andare in fondo a questa storia, per papà, lascerei subito questa casa e li cancellerei dalla mia vita.

«Ma che sai tu? Paola, ti avevo detto di restare di là. Non sai neanche di cosa stai parlando! Non te ne sei mai accorta di questa Armida... mo' tu mi vuoi dire che hai le prove.»

«Hai ragione, di Armida non lo sapevo, lo scopro ora, nella maniera più schifosa possibile... ma questo Luciano io me lo ricordo che veniva sempre in tabaccheria. Vince', giocavate insieme a carte e i debiti questo li teneva con te!»

«Siete due pazze, uscite subito, non vi voglio vedere più. Anzi, ora vi denuncio io a voi! Fuori! Pazze che non siete altro.»

Mamma si avvicina e mi prende la mano. Io sono così sconvolta che la lascio fare. Poi si rivolge a lui.

«Non ti conviene, Vincenzo. E lo sai bene pure tu, che la memoria ce l'hai buona. Ogni volta che ci vedevamo di nascosto nella stanzetta dietro al negozio tuo – questo te lo ricordi almeno, sì? –, questo Luciano veniva sempre a bussare...»

Vincenzo ha disegnato in volto il terrore. È stato scoperto.

È come se davanti ai miei occhi tutto si facesse improvvisamente chiaro, i puntini si stanno unendo e finalmente la storia ha un senso.

«Dato che Luciano non sarebbe mai riuscito a ripagarti, hai convinto Armida a farsi dare da papà i soldi che ti doveva suo fratello» sibilo. «Praticamente hai costretto il tuo migliore amico, che ti considerava come un fratello, a indebitarsi. Ma perché lo hai fatto? Lo sapevi che lui tutto quel denaro non ce l'aveva e che si sarebbe dovuto ipotecare il negozio. Speravi di prenderti pure quello, eh? Lo volevi vedere distrutto... e invece lui non ha mai mollato» gli urlo in faccia.

«Fai schifo, Vincenzo» interviene mamma. «Non ti voglio vedere mai più. Gli hai mandato gli strozzini, a Felice! Meno male che è morto senza saperlo. Lo avresti ammazzato tu, di dolore. Lui, che per te avrebbe dato la vita. Ma che ne sai? Pezzo di merda, che ne sai?»

Vincenzo afferra un coltello dalla tavola e glielo punta in faccia.

«Ingrata, senza di me saresti una morta di fame!»
«Meglio morta di fame che delinquente *comm'a te*!»
«Andatevene che sennò vi ammazzo.»
«Non finisce qua, ti andiamo a denunciare... bastardo.»
«Vi ammazzo, stronze!»

36

Mentre due agenti portano Vincenzo in caserma, Francesco ci accompagna fino a casa.

La caserma Pastrengo dista neanche cinquanta metri dall'appartamento di Vincenzo e, appena sono salita da lui, Francesco ha spiegato la situazione ai carabinieri. Per fortuna sono intervenuti subito, e hanno impedito che le cose si mettessero male.

Durante il tragitto, mamma si stringe forte al mio braccio come non ha mai fatto, neppure al funerale di papà.

«Lidia, perdonami. Ho sbagliato tutto. Ti prego, ti scongiuro: possiamo ricominciare daccapo? Non te ne andare. Non mi lasciare pure tu» mi implora mentre piange senza pudore, come se Francesco non ci fosse. Deve essere difficilissimo anche per lei. Soprattutto per lei.

La abbraccio. «Mamma, io sono qua. E non sarai mai sola» glielo dico senza nemmeno pensarci. Abbiamo bisogno l'una dell'altra, di ritrovarci, di ricominciare senza segreti sospetti, rancori mai sviscerati.

«Francesco e io dobbiamo finire di parlare, mamma. Forse dopo i carabinieri ci vorranno interrogare. Aspettami a casa.»

«Bussiamo alla signora De Luca? Così io e lei ci facciamo un po' di compagnia» mi dice. Quasi non ci credo, alla sua proposta.

La vicina la accoglie con un insperato entusiasmo e la invita a entrare.

«Hai mangiato, Paola? Vieni che ti faccio la pastina al brodo» le propone.

Mia madre accetta, poi saluta Francesco ringraziandolo. «Domani chiamo mamma tua, così ci facciamo due chiacchiere. Spero che a Irene faccia piacere.»

«Le farà tantissimo piacere, ne sono certo» le risponde lui.

Quando usciamo dal palazzo, via Caravita mi sembra diversa. Se solo potesse raccontare tutta la vita che ha visto scorrere in questi anni... e soprattutto nelle ultime settimane.

«Potevi farti male, veramente male, Lidia.»

Annuisco e mi rendo conto che sono stata un'incosciente. Ma ce l'ho fatta. Finalmente so la verità.

«Non ci voglio neppure pensare a cosa avrei fatto se non fossi arrivato tu.»

Lo abbraccio, pensavo di essere stanca ma ho tanta di quell'adrenalina in corpo che a Marechiaro ci potrei andare a piedi.

«Vedrai che adesso tutto si sistema. Il negozio sta andando bene, hai due persone meravigliose che ti aiutano, sempre pronte a sostenerti... e ora con tua mamma sarà tutto diverso.»

«Dovevo passare un tale inferno per arrivare ad avere tutto questo?»

«Tutto questo... non credi che ci manchi qualcosa?» mi dice avvicinandosi.

«Il nostro primo bacio non può coincidere con il giorno in cui ho rischiato di essere accoltellata... deve essere speciale» replico, pentendomene all'istante.

È che io, nonostante tutto, ci credo ancora alle cose romantiche, ai giorni speciali, ai segni del destino.

Tutt'a un tratto mi assale un dubbio atroce: e se Francesco non ci volesse stare con una incasinata come me? E se la tanto desiderata felicità fosse veramente solo un'illusione? E se fosse, semplicemente, troppo tardi per noi due?

E poi lui ha davanti una carriera stellare, non ha vincoli, è bello come il sole. Io invece devo capire cosa fare della mia vita, adesso.

«Hai ragione... buonanotte, Lidia» mi dice con aria triste.

Rientro nel palazzo, e resto sola nell'androne. Chiamo l'ascensore maledicendo la mia idiozia. Ma che cosa sto facendo? Forse, se mi sbrigo, faccio ancora in tempo a raggiungerlo. Mi volto e corro a spalancare il portone. Lì davanti, che cerca le chiavi per aprirlo, c'è Francesco. Appena lo vedo scoppio in lacrime.

«Stavo venendo da te, non me sarei mai potuto andare così» mi dice, mentre affondo la testa nel suo petto. In questi giorni è stato il mio posto preferito al mondo.

«Neanche io avrei dovuto salutarti in quel modo, scusami, Francesco. Non so che diavolo mi sia preso con quelle stronzate sul giorno perfetto e...»

Mi mette a tacere con un bacio.

«E comunque è passata la mezzanotte. La giornata schifosa ce la siamo lasciata alle spalle» mi dice sorridendo quando le nostre labbra si staccano.

«Oh, finalmente! Non ci può succedere più nulla di sconvolgente, vero, Francesco?»

Mi guarda e per una volta sono felice di sbagliarmi, perché proprio in questo momento, sul marciapiede di via Caravita 10, sto provando la sensazione più sconvolgente della mia vita.

37

Due mesi dopo

Oggi inauguriamo la nuova gestione di Caffè Napoli. Abbiamo creato la Happiness SRL: Mila, Alice e io siamo socie al 33,33 per cento. Il nome lo hanno scelto loro in omaggio a Felice, e me l'hanno proposto una sera a cena, facendomi commuovere.

Il notaio, mentre leggeva l'atto, ci ha chiesto più volte se volessimo davvero dividere la società in parti uguali, senza un socio di maggioranza. Non abbiamo mai avuto dubbi e alla sua domanda "volete davvero unirvi in questo modo?", abbiamo esclamato all'unisono "lo vogliamo!".

Alice mi ha confessato che si è trattato della promessa di cui è stata più sicura in tutta la sua vita, ma mi ha fatto giurare di non farne parola a Gregorio che – insieme a Francesco – ci attendeva con tre mazzi di rose bianche nella sala d'aspetto dello studio.

«Assomiglia tantissimo a suo padre, lo sa, signora Gambardella?» ha esordito il notaio quando ci siamo presentati.

Lo studio notarile l'ho scelto io, è lo stesso dove mio padre aveva acceso il mutuo, dieci anni fa. Era come me lo aveva descritto Francesco: nella sala campeggia ancora il suo quadro. Insieme a noi, mentre firmavamo, c'era anche papà. Nulla sarebbe successo senza di lui, i suoi guai, il suo estro creativo, le sue debolezze, il suo disordine, la sua voglia di vivere e di amare nonostante le difficoltà.

Da un paio di mesi vivo a casa di Francesco, in via Chiaia. Mi ci sono trasferita una settimana dopo il bacio che ha suggellato la mia nuova vita.

Pietro, poi, in vacanza in Sardegna ci è andato, e dal suo profilo Instagram non ha fatto mistero sulla sua compagna di viaggio: Sveva, la notaia, che, secondo indiscrezioni di amici comuni, avrà presto il lasciapassare per il trasferimento a Trieste. Per una volta, le conoscenze politiche di Pietro hanno funzionato.

Non abbiamo mai chiarito, lui e io. La pausa di riflessione si è trasformata nella rottura più indolore che entrambi potessimo sperare. Mi tocca anche ringraziarlo di non aver testimoniato per l'atto notorio. Se lo avesse fatto non avrei mai chiamato Francesco, e ora non sarei qui.

Il mio lavoro da insegnante a Trieste è in pausa: ho chiesto un'aspettativa non retribuita e il mio preside, sapendo della morte di papà, non ha avuto nulla da ridire.

Stasera faremo una bella festa per celebrare il nuovo Caffè Napoli. Per l'occasione indosserò l'abito del matrimonio di Alice, che ho fatto accorciare da Gennaro.

Mi guardo allo specchio e quello che vedo mi piace.

Finalmente tutto è perfetto. Ogni pezzo del puzzle si è incastrato.

Vincenzo, in cambio del ritiro della denuncia, ha accettato di restituirci i trecentocinquantamila euro che aveva estorto a papà. Così ho potuto pagare i debiti e, soprattutto, estinguere il mutuo e cancellare l'ipoteca su Caffè Napoli.

Per vivere bastano e avanzano i miei proventi del negozio. Li divido con mamma, che è diventata la mia prima fan. Per questo grande giorno si è fatta fare pure lei un abito da Gennaro.

"Sono la mamma dell'imprenditrice" gli ha detto. "Quasi meglio che essere la mamma della sposa."

Lo racconto a Francesco mentre finisco di truccarmi. Lui mi abbraccia da dietro, mi bacia sul collo e mi sussurra: «Che peccato, avevo una cosa per te.»

Dalla tasca dei pantaloni estrae una scatolina di velluto.

«Te l'avrei dato dopo l'inaugurazione... ma tra noi il momento giusto è sempre adesso.»

La apro: dentro c'è un brillante taglio smeraldo, montato su una fascetta di oro bianco.

«Non so che cosa dire... è sbalorditivo, stupefacente. Non ho mai avuto un anello così...»

«Non è un anello, Lidia, è *l'anello*...»

«Ma ancora non sappiamo dove verrai trasferito... come facciamo, e...»

«Mi hanno assegnato la sede di Caserta, me l'hanno comunicato ieri. Non mi muovo, amore mio. E anche per questo, cercavo un momento adatto...»

Lo abbraccio e lo bacio, credo di non avere mai sentito così tanta gioia in vita mia. Farò tardi al brindisi con le mie socie, prima della grande inaugurazione, ma non mi importa. Mentre le nostre mani si infilano nei vestiti, mi squilla il cellulare. Non ci posso credere, maledizione! Ci deve essere qualche congiunzione astrale sfavorevole tra me e il telefono. Ma perché ogni volta che vivo momenti stupendi con Francesco deve esserci lui a rovinarmi la festa?

Lo lascio suonare, adesso proprio non è il momento.

Ma quello insiste, alla quarta chiamata inizio a preoccuparmi e vado a vedere chi ha così tanta tenacia da non mollare la presa. È Mila.

«Mila, che succede? I fiori non sono arrivati?» le rispondo, ancora senza fiato per i baci con Francesco.

«Non ti ho chiamato per quello, volevo parlarti di una cosa...»

«Ma ci vediamo tra un'ora, mi sto preparando... è così urgente? Non puoi chiamare Alice?»

«Lidia, riguarda il quadro di tuo padre.»

38

Mila mi invita a salire nella sua macchina. Sembriamo due agenti segreti che si danno appuntamento in incognito.

Poco fa, al telefono, non mi ha voluto anticipare nulla, mi ha detto che era troppo importante. Nell'attesa non ho potuto fare a meno di pensare di tutto, pure che fosse venuto fuori qualche altro casino di papà.

"Lo sapevo, era troppo bello per essere vero!" ho ripetuto a Francesco mentre la aspettavo.

Mi accomodo sul sedile passeggero e lei spegne la radio.

«Mila, tutto bene? Mi stai facendo preoccupare!»

Per fortuna va subito al dunque.

«Ti ricordi quando ti ho detto che il quadro, il regalo dei settant'anni di papà, sarebbe stato appeso nel suo studio?»

Annuisco, senza capire.

«Una settimana fa c'è stata una perdita d'acqua e il muro si è danneggiato, bagnando la tela. La nostra domestica se n'è accorta subito, per fortuna, ma quando è corsa per metterlo al riparo, staccandolo dalla parete, è caduta questa.»

Mi porge una lettera, sulla busta c'è il mio nome sbiadito ma leggibile. "A Lidia." È la calligrafia di papà.

«Perché era infilata sotto la cornice del regalo di tuo padre?» le domando mentre il cuore inizia ad accelerare.

«Leggi.»

«Perché l'avete aperta?» Ho il cervello in tilt, davvero non so cosa dire e, soprattutto, non capisco cosa ci faccia una lettera di papà nascosta dietro un quadro destinato a un suo cliente.

«La domestica, nel trambusto, l'aveva messa da parte. L'ha consegnata a mamma solo oggi, l'ha aperta lei per sbaglio. E poi... non potevamo non dartela immediatamente.»

A questo punto, non mi resta che leggerla.

Lidiù,
ormai sono mesi che ti sento strana. Come se fossi assente e perennemente giù di morale, anche se fai di tutto per non dimostrarlo. Ma io sono tuo padre, e certe cose neanche la distanza le può nascondere. Non so perché, ma ho la sensazione che non stai vivendo la vita che volevi.

Ho deciso di scriverti perché non sarei capace di dirtele queste cose ma, soprattutto, perché mi sento responsabile. Ti ho sempre detto che era necessario "buttare il sangue" in quello che si faceva, perché altrimenti non si andava da nessuna parte. Non mi ricordo neanche quante volte ti ho ripetuto che la felicità è una bufala e che bisogna pensare alle cose serie. Tu hai sempre annuito, non hai mai controbattuto. L'unica volta che hai "disobbedito" è stata quando ti sei impuntata per andare a Trieste e, ora che ci penso, è stato un bene che sei partita. "Si è salvata" ho sempre pensato in questi anni. A questo punto, però, non credo che sia stato sufficiente. Le mie parole hanno attecchito molto bene e in fretta, mi sa, e ti ho condannata a una vita dove la parola "piacere" è sempre stata bandita.

A quasi settant'anni anni mi rendo conto che quello che dicevo a te era ciò che ho sempre sentito da mia madre. "Feli', tieni i piedi per terra e non fa' cazzate" è stata la cantilena che mi ha accompagnato fino a quando non sono andato via di casa e ho sposato tua madre. "Paola è 'na brava figlia, pure lei non tiene grilli per la testa" dichiarò quando gliela presentai.

Nonna Lidia aveva ragione, perché alla fine se si guarda in basso e i piedi non si staccano dal terreno non si può cadere né fare scivoloni improvvisi. Una cosa, però, non la sapeva: è impossibile spiccare il volo.

Malgrado quello che ti dicevo, a mio modo ho sempre cercato di ribellarmi a quel destino tiepido. Ecco perché ho iniziato a dipingere, a mettere nelle tele i colori che nella mia vita mancavano. Mi sono costruito un mondo parallelo, Lidia, per tanti anni, grazie al quale la mattina mi svegliavo pieno di energia.

Tua madre mi rimprovera, mi accusa di "far vedere tutto bello" e fregare la gente. In particolare, lei.

Però io non fingo, Lidia. Io davvero le cose le vedo a colori, nonostante il buio abbia attraversato più volte la mia vita, nonostante i miei errori.

Ho dipinto questo quadro e ho usato tutte le sfumature possibili. Solo per il cielo, ne ho create più di trenta. È per te: vorrei che lo portassi a Trieste, per ricordarti che, anche se i colori sono limitati, se usati bene possono aprirti spazi sconfinati. Non ti accontentare di quelli che usano tutti. Fatti quelli che ti rendono contenta. Perché, Lidia, mi tocca rimangiarmi quello che ho detto e dimostrarti che, alla fine, la felicità esiste. Io l'ho capito troppo tardi, ma tu hai ancora tempo. Cercala, e pure se ti costerà cara, mi raccomando, sappi che rinunciarci non è mai una cosa buona. Anzi, di solito arriva un attimo prima che tu decida di mollare, quando pensi che non ne valga più la pena.

Pensi che sia soddisfatto di questo cielo? No, e chissà se lo sarò mai. C'è un momento però in cui le cose vanno lasciate andare, altrimenti si resta fermi, impauriti e imprigionati nella rete di una presunta perfezione. Ma per fortuna stai arrivando a Napoli e, quando più tardi te lo mostrerò, sono sicuro che mi saprai consigliare al meglio. E ti consegnerò queste mie parole, che in questo momento ti sembreranno sconclusionate ma che, mi auguro, con il tempo ti appariranno sempre più

chiare. Intanto, questo quadro e io ti aspettiamo qui, al Caffè Napoli. Oggi e sempre,
   papà tuo

Le lacrime mi rigano il viso, sciogliendomi tutto il mascara.

«Lidia, il quadro era per te, quel giorno ci siamo sbagliate... e neppure mia madre se n'era accorta. Era sicura che fosse quella la marina commissionata. Lei dava sempre carta bianca a tuo padre. Ovviamente è pronta a restituirtelo e...»

Le stringo forte la mano e le sussurro: «Lo potete tenere, era destino che fosse per voi».

Non ci posso credere: sono diventata erede per un errore. Il quadro era mio, non di papà, ma lo scopro solo adesso. Potevo farne ciò che volevo, senza conseguenze.

Per tutto questo tempo, papà è sempre rimasto accanto a me. Mi ha lasciato il suo testamento, le sue ultime volontà che io – senza ancora averle lette – ho fatto mie. Per la seconda volta, sono diventata erede di fatto.

Da quando mi ha lasciata, non mi sono più accontentata: ho rischiato, mi sono innamorata senza riserve, mi sono giocata il tutto per tutto, ho sfidato Vincenzo, ho investito le mie energie con Mila e Alice, ho perdonato e mi sono perdonata. Ho lasciato l'acqua tiepida e mi sono buttata sotto le cascate gelide.

Finalmente, oggi, sono felice.

39

Sono sul Frecciarossa che da Napoli mi sta portando a Trieste. Per la seconda volta in pochi mesi mi ritrovo a pensare che arriva sempre, prima o poi, il momento di fare i conti con quello che ti sei lasciata alle spalle.

Sto andando a firmare l'atto di compravendita della mia piccola casa nel centro storico, non ha senso che io abbia una proprietà così lontana, sarebbe complicato gestirla, soprattutto adesso che sono impegnatissima con il negozio.

Francesco è seduto accanto a me e sta leggendo dei documenti. Stasera ceniamo sul mare, domani mattina abbiamo il rogito e nel pomeriggio saremo già di ritorno a Napoli.

L'addio a Trieste non potevo darlo da sola, ci tenevo che lui conoscesse il luogo in cui ho vissuto per vent'anni.

Mi propone di andare a bere un caffè nella carrozza ristorante e accetto con gioia, come se mi avesse chiesto di prenderlo nel miglior bar del mondo. Forse l'amore è questa cosa qui, sentirsi contenti anche per un caffè che sa di bruciato servito in un bicchierino di plastica.

In effetti non appena lo porto alla bocca mi assale una nausea incredibile e a stento trattengo un conato.

«Amore, tutto bene?»

«Sì, sì, forse a stomaco vuoto non è stata una buona idea.»

«In effetti è il peggior caffè che io abbia mai bevuto...» mi risponde lui. «Tanto tra meno di un'ora arriviamo e ce ne prendiamo uno come si deve!»

Appena arriviamo in stazione, gli chiedo di aspettarmi alla fila dei taxi ed entro in farmacia.

Ci metto pochi minuti; poi lo raggiungo, saliamo in macchina e andiamo in hotel. La nostra stanza ha la vista mare, mi sono raccomandata più volte al momento della prenotazione.

«Che ne dici di portarmi un po' in giro?» mi chiede dopo essersi cambiato la camicia.

«Ma certo, mi rinfresco un attimo in bagno e arrivo.»

Sto per fare una cosa che probabilmente offuscherà questa giornata così bella, ma ho talmente tanta energia che potrei affrontare qualsiasi delusione.

Faccio la pipì su un bastoncino di plastica, lo lascio sul bidet e intanto mi lavo i denti e mi rifaccio il trucco. Appena finisco, non riesco a credere a quello che vedo: due linee rosa.

«Amore, ci sei?» mi chiama Francesco. Io esco con il test in mano e le lacrime che mi scorrono sul viso.

«Ma... ma...» sgrana gli occhi e inizia a piangere anche lui.

Restiamo abbracciati a letto non so per quanto. Senza dirci nulla, solo a sentire i nostri respiri per un tempo infinito.

«Ti ricordi quando ti ho detto: "Chissà cos'altro di sconvolgente ci potrebbe succedere"? Ecco, tutto avrei pensato, tranne che questo» gli sussurro a un tratto.

«E io non avrei mai pensato di essere così felice. Mai, mai nella vita.»

«Ti dispiace se faccio una telefonata?»

Penso che, se tutto andrà bene, i nostri figli nasceranno a sei mesi di distanza l'uno dall'altro. Come me e lei. Sono cugini e saranno figli unici. Come me e lei. E cresceranno come fratelli o sorelle, come *frat* o *sore cugine*.

Neanche se lo avessimo fatto apposta.
Mi siedo, faccio partire la chiamata e per fortuna risponde al primo squillo.
«Pronto, Alice, sei seduta? Devo raccontarti una cosa...»

Ringraziamenti

Questo romanzo non esisterebbe senza le persone uniche e speciali che sto per nominare.

A loro va la mia profonda gratitudine per aver reso questo viaggio avventuroso, arricchente e meno solitario.

A Mattia Signorini, per quello che di bello e prezioso crea attorno ai libri, per i suoi consigli elargiti in aula, al Master in Tecniche della narrazione, e passeggiando per le strade gelide di Rovigo dopo le lezioni.

Ma soprattutto lo ringrazio per aver creduto per primo in questo mio enorme sogno. Persone come lui fanno bene alla cultura e al cuore.

A Vicki Satlow, la mia "agente speciale", per l'entusiasmo, i colpi di genio, e per essere stata la mia fortunatissima *sliding door*.

A Marilena Rossi, per avermi accolta in Mondadori con un grande sorriso, e a Francesca Cianfrocca, che mi è stata vicino e mi ha spronato ad alzare l'asticella. Avere una editor come lei, così appassionata, mi fa sentire profondamente fortunata. Le nostre call sono state il mio appuntamento con la felicità.

Ad Alessandra Maffiolini, per avermi accompagnata nell'ultimo miglio, quello più faticoso ma anche più sfidante.

A Cristina Tizian, per l'incoraggiamento e i preziosi confronti sulla "napoletanità".

Alle amiche che mi hanno fatto l'enorme dono di leggere in anteprima il romanzo, dedicandomi il loro tempo e offrendomi punti di vista differenti dal mio. Grazie, quindi, a Francesca Brughera, a Paola Geminiani e a Cristina Zabai.

Ad Augusto Pelosi, notaio, ma soprattutto amico, che mi ha aiutato con pazienza, leggerezza e anche qualche risata nelle questioni legali della storia.

A Lorenza Gentile e alle coincidenze: se quel pomeriggio piovoso di febbraio io non avessi aperto le storie di Instagram e lei non avesse nominato la Scuola Palomar, nulla sarebbe accaduto.

A mio figlio Francesco che, quando gli ho raccontato la storia sotto forma di "favola", mi ha chiesto di dare il suo nome al "personaggio buono" (suggerendomi, per prima cosa, di fargli guidare una BMW blu).

A Gian Piero, il mio fondamentale supporto napoletano.

A Brunella, medico e sorella speciale, che si prende cura non solo della mia salute ma (soprattutto) dei miei dubbi e delle mie fragilità.

Non sono persone, ma a loro voglio bene come se lo fossero: Napoli e Trieste, le mie due città, gentili e difficili in egual misura, fonti inesauribili di ispirazione, che mi regalano gioie e dolori che inevitabilmente finiscono nei miei romanzi.

E, infine, grazie a mia madre, dislocata ma non distante, che non mi fa mai sentire sola.

Mondadori Libri S.p.A.

Questo volume è stato stampato
su carta HOLMEN
con fibra vergine proveniente da foreste sostenibili holmen.com/paper
presso ELCOGRAF S.p.A.
Stabilimento - Cles (TN)

Stampato in Italia - Printed in Italy